妖怪捕物帖《ようかいとりものちょう》X

八犬伝篇《はっけんでんへん》 参《さん》

傀儡《くぐつ》と飛天《ひてん》と鋼《はがね》の大蝦蟇《おおがま》

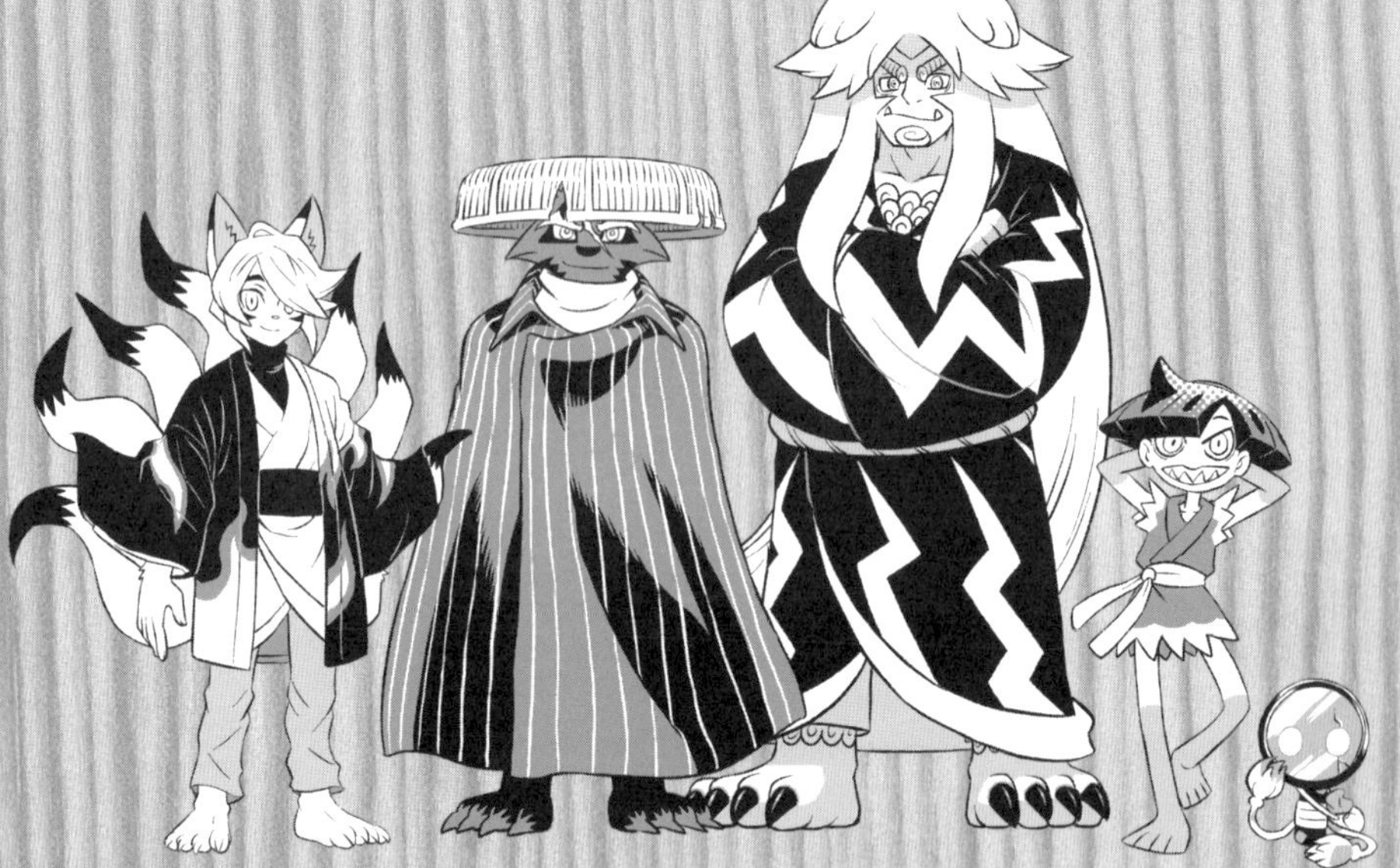

もくじ

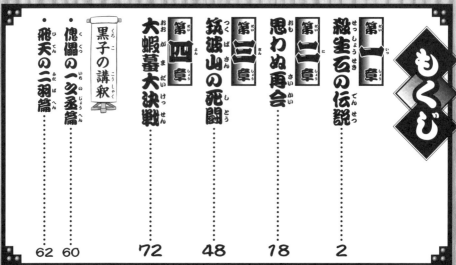

妖怪捕物帖
ようかいとりものちょう
傀儡と飛天と鋼の大蝦蟇
くぐつとひてんとはがねのおおがま

八犬伝篇 参
はっけんでん　さん

作　大﨑悌造
画　ありがひとし

これからおはなしするのは、コンモたちが生きている時代から、千年以上も前のできごとでございます。

ミカドがおわします京の御所で、前代未聞の事件がおきようとしておりました。

岩崎書店

第《だい》一《いち》章《しょう》 殺《せっ》生《しょう》石《せき》の伝《でん》説《せつ》

そしてミカドは、そこにすいこまれていったのです。

もとどおり身体《からだ》をとじたタマモは、満足《まんぞく》そうなえみをもらしました。

うれしゅうございます、ミカド……。

そのとき、寝所《しんじょ》の異変《いへん》に気《き》づいた御所《ごしょ》の衛兵《えいへい》たちがかけこんできました。

きさま、ここでなにをしている？

ミカドをどうした？

ええい、ちかよるでない！ミカドはいま、わらわの中《なか》におられるのじゃ！そなたたちの不浄《ふじょう》な手《て》でわらわにふれるなど、もってのほか！

なにっ!?

タマモの言葉《ことば》におどろいた衛兵《えいへい》たちは、思《おも》わずうごきをとめました。タマモのいうことが本当《ほんとう》なら、うかつにタマモをとらえるわけにはいかないからです。しかし……。
ああっ！
タマモの身体《からだ》から、ミカドと思《おも》われる光《ひかり》が、スルスル…とぬけだしたのです！
ミ、ミカド、なぜじゃ!? なぜわらわのもとからさっていくのじゃ？
衛兵《えいへい》たちは、タマモが、自分《じぶん》の体内《たいない》からぬけだしたミカドに気《き》をとられているスキに、彼女《かのじょ》をとりおさえました。

ええい、はなせ！

ミカドをおそい、自分《じぶん》の
体内《たいない》にとりこむという
未曾有《みぞう》の事件《じけん》をおこした
タマモは、すぐ牢《ろう》に
とじこめられました。

そして翌日《よくじつ》には、
朝廷《ちょうてい》の公家《くげ》たちがあつまり、
タマモをどうするか、
相談《そうだん》をはじめたのです。

ところがそのころ、牢《ろう》にとじこめられた
タマモは、牢内《ろうない》で子《こ》をうんでおりました。
それは、ミカドのようにひかりかがやく、
九尾《きゅうび》の狐《きつね》でした……。

タマモはその子《こ》が、
自分《じぶん》とミカドとの
あいだに生《う》まれた
子《こ》どもだといいはり
ました。
しかし公家《くげ》たちは、みとめませんでした。
むりやりミカドを取《と》りこみ、しかもたった
一晩《ひとばん》で生《う》まれた子狐《こぎつね》を、ミカドの子《こ》だと
みとめるわけにはいかなかったのです。

公家《くげ》たちは、タマモへの罰《ばつ》として、タマモと
その子《こ》を、未来永劫《みらいえいごう》、石《いし》の中《なか》に封印《ふういん》することに
しました。
数日後《すうじつご》、高《たか》い妖力《ようりょく》をもった
陰陽師《おんみょうじ》たちによって、その罰《ばつ》は実行《じっこう》されました。

さらに、石《いし》に封印《ふういん》されたタマモ親子《おやこ》は、那須国《なすのくに》（現在《げんざい》の栃木県《とちぎけん》）にとばされました。

タマモは、那須《なす》にすむ九尾《きゅうび》の狐《きつね》一族《いちぞく》の出身《しゅっしん》でした。そのため朝廷《ちょうてい》は、那須《なす》の九尾《きゅうび》の狐《きつね》たちに、タマモを封印《ふういん》した石《いし》の監視《かんし》を命《めい》じたのです。

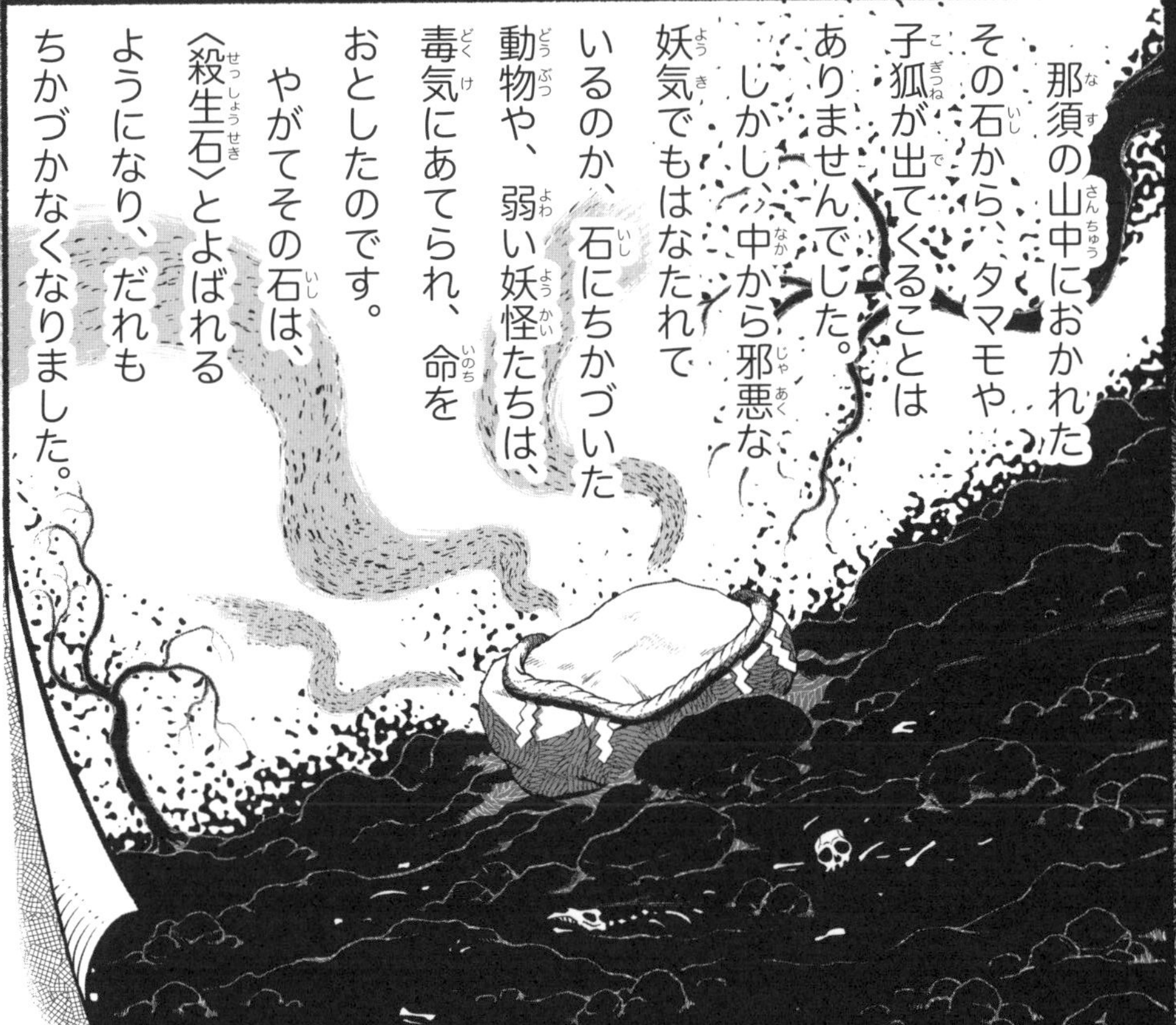

那須《なす》の山中《さんちゅう》におかれたその石《いし》から、タマモや子狐《こぎつね》が出《で》てくることはありませんでした。

しかし、中《なか》から邪悪《じゃあく》な妖気《ようき》でもはなたれているのか、石《いし》にちかづいた動物《どうぶつ》や、弱《よわ》い妖怪《ようかい》たちは、毒気《どくけ》にあてられ、命《いのち》をおとしたのです。

やがてその石《いし》は、〈殺生石《せっしょうせき》〉とよばれるようになり、だれもちかづかなくなりました。

兆幻坊《ちょうげんぼう》
……というのが、ワシがきいたタマモの伝説《でんせつ》じゃ。
真拾鏡《しんじゅうきょう》の捨三《すてざ》

京《きょう》の都《みやこ》で、タマモについてしらべた兆幻坊《ちょうげんぼう》は、捨三《すてざ》の鏡《かがみ》をつうじて、九州《きゅうしゅう》の太宰府《だざいふ》にいるコン七《しち》たちに、わかったことをおしえてくれました。

なるほど…じゃあ そのタマモが よみがえったって ことなのか？
獅子川五右衛門《ししかわごえもん》
水虎《すいこ》の壬四丸《みよまる》
水豹《みずひょう》の牙闍《がじゃ》
貉《むじな》の眩六《げんろく》
いなりのコン七《しち》
うむ、自分《じぶん》で石から出《で》たのか、あるいはだれかが封印《ふういん》をといたのか、それはわからんがな……。

「で、タマモといっしょにいる、あのデカい獣《けもの》は？」

と、コン七《しち》はさらに兆幻坊《ちょうげんぼう》にたずねました。

「タマモは、あの獣《けもの》を皇子《みこ》とよんでおった。もしかしたら、タマモが牢《ろう》の中《なか》でうんだ九尾《きゅうび》の狐《きつね》かもしれん」

「けど、生《う》まれたときはひかりかがやいていたんだろ？　いまは真《ま》っ黒《くろ》だぜ」

「そのあたりのことは、ワシにもよくわからん。それと、タマモは生来《せいらい》、強《つよ》い妖力《ようりょく》はもっていなかったそうじゃ。なのにいまは、ストクやミチザネなど、死者《ししゃ》をやすやすとよみがえらせておる。それも謎《なぞ》じゃ……」

「とにかく、オイラたちはこれからどうすればいいんだ？　タマモを見《み》つけて、たおせばいいのか？」

「それはワシではなく、捨三《すてざ》にきくしかあるまい」

「わかったダス。やってみるダス。兆幻坊《ちょうげんぼう》さん、またあとで、鏡《かがみ》にかたりかけてくれるダスか？」

そういうと捨三《すてざ》は、精神《せいしん》を集中《しゅうちゅう》しはじめました。
すると捨三《すてざ》の鏡面《きょうめん》に、ある山《やま》がうつし出《だ》されたのです。それは、コン七《しち》がよく知《し》っている山《やま》でした。

「これは筑波山《つくばさん》だ！　お江戸《えど》からもよく見《み》えたから、まちがいねえ！」

捨三《すてざ》の鏡面《きょうめん》から筑波山《つくばさん》がきえ、またしても兆幻坊《ちょうげんぼう》のすがたがうつし出《だ》されました。その兆幻坊《ちょうげんぼう》に、コン七《しち》がおしえます。

「じいさん、捨三《すてざ》の鏡《かがみ》にうつったのは、常陸国《ひたちのくに》の筑波山《つくばさん》だったぜ」

常陸国《ひたちのくに》とは、現在《げんざい》の茨城県《いばらきけん》にあたります。

「む……やはりそうか」

「なんだよ、わかってたのか？」

「だいたい、予想《よそう》はしておった。タマモは、〈日《ひ》ノ本《もと》三大魔縁《さんだいまえん》〉とよばれる三人《さんにん》の怨霊《おんりょう》のうち、ストクとミチザネをよみがえらせた。のこっている一人《ひとり》は、武神《ぶしん》マサカドじゃ！」

はじめてきく名《な》にとまどうコン七《しち》たちに、兆幻坊《ちょうげんぼう》が説明《せつめい》します。

「マサカドは、ストクやミチザネよりもすこしあとの時代《じだい》、朝廷《ちょうてい》にたいして戦《いくさ》をしかけてきた坂東《ばんどう》の武人《ぶじん》なのじゃ」

坂東《ばんどう》とは、いまでいう関東地方《かんとうちほう》のことです。マサカドの本拠地《ほんきょち》は、その坂東《ばんどう》の、筑波山《つくばさん》のあたりにありました。

兆幻坊《ちょうげんぼう》は、マサカドが朝廷《ちょうてい》に戦《いくさ》をしかけることになった理由《りゆう》を、はなしはじめました。
マサカドが生《い》きていた時代《じだい》、坂東《ばんどう》で大《おお》きな飢饉《ききん》がおき、たくさんの餓死者《がししゃ》が出《で》た。しかし朝廷《ちょうてい》は、とおくはなれた坂東《ばんどう》での飢饉《ききん》に、効果的《こうかてき》な策《さく》がうてなかったのじゃよ……。

朝廷《ちょうてい》から見《み》すてられたと思《おも》った坂東《ばんどう》の妖怪《ようかい》たちは、朝廷《ちょうてい》をうらみました。そのときあらわれたのが、マサカドだったのです。
マサカドは、朝廷《ちょうてい》の支配《しはい》をうけない、坂東《ばんどう》の妖怪《ようかい》たちによる坂東王国《ばんどうおうこく》をうちたてるべきだと、みなによびかけました。そのよびかけに、おおくの坂東妖怪《ばんどうようかい》たちがこたえ、マサカドはついに、朝廷《ちょうてい》にたいして坂東王国《ばんどうおうこく》の独立《どくりつ》を宣言《せんげん》したのです。

「へ～、大昔《おおむかし》にそんなことがあったなんて、全然《ぜんぜん》知《し》らなかったぜ」

「あせったのは朝廷《ちょうてい》じゃ。すぐさま坂東《ばんどう》に軍《ぐん》をおくり、マサカドの反乱《はんらん》をしずめようとした。しかし、生前《せいぜん》のマサカドは、〈武神《ぶしん》〉とよばれるほどたたかいに強《つよ》かった。自分自身《じぶんじしん》の強《つよ》さはもちろんのこと、その用兵《ようへい》もたくみで、朝廷《ちょうてい》の軍《ぐん》はマサカド軍《ぐん》にまったく歯《は》がたたず、連敗《れんぱい》をかさねた。このままでは戦《いくさ》は完全《かんぜん》な敗北《はいぼく》におわってしまう……と案《あん》じた朝廷《ちょうてい》は、マサカド軍《ぐん》に一人《ひとり》の間者《かんじゃ》をおくりこんだのじゃ」

　間者《かんじゃ》とは、身分《みぶん》をいつわって敵《てき》の中《なか》に入《はい》りこむ、スパイのようなものです。

そしてその間者《かんじゃ》は、たくみにマサカドのそばにちかより、かれがのむ酒《さけ》に毒《どく》を入《い》れました。

朝廷軍《ちょうていぐん》を相手《あいて》に連戦連勝《れんせんれんしょう》をかさね、〈不死身《ふじみ》の武神《ぶしん》〉とまでよばれたマサカドも、それであっけなく死《し》んでしまったのです。

マサカドという総大将《そうだいしょう》をうしなった坂東軍《ばんどうぐん》は、いきおいをもりかえした朝廷軍《ちょうていぐん》の前《まえ》にやぶれさりました。こうして、坂東妖怪《ばんどうようかい》たちの反乱《はんらん》は、鎮圧《ちんあつ》されたのです。

「毒殺《どくさつ》されたマサカドの首《くび》は、京《きょう》の都《みやこ》にもっていかれ、三条河原《さんじょうがわら》にさらされたそうじゃ。しかし、強《つよ》い怨念《おんねん》がのこっていたため死《し》にきれなかったのか、首《くび》になったあとも、マサカドは夜《よ》な夜《よ》な呪《のろ》いの言葉《ことば》をはいておったらしい。そしてある日《ひ》、東《ひがし》の空《そら》にむかって飛《と》びさったといわれておる……」

マサカドの首《くび》は、故郷《こきょう》の常陸国《ひたちのくに》にかえったとも、途中《とちゅう》の江戸《えど》におちたとも、いいつたえられております。

兆幻坊《ちょうげんぼう》の話《はなし》をききおえたコン七《しち》は、ため息《いき》をもらしました。

「そのマサカドが、よみがえるかもしれないんだな」

「あるいは、もうよみがえっておるか……。とにかく、タマモのねらいは、日《ひ》ノ本《もと》三大《さんだい》魔縁《まえん》を全員《ぜんいん》復活《ふっかつ》させることなのじゃろう」

そのとき、五右衛門《ごえもん》がはじめて口《くち》をはさみました。

「けど、そのマサカドってやつ、いままでのストクやミチザネとはちょっとちがうな。朝廷内《ちょうていない》のゴタゴタで殺《ころ》されたんじゃなく、朝廷《ちょうてい》に戦《いくさ》をしかけたってところが、オレ様《さま》は気《き》に入《い》ったぜ」

という五右衛門《ごえもん》に、眩六《げんろく》も同調《どうちょう》します。

「しかも、飢饉《ききん》でくるしむ坂東《ばんどう》妖怪《ようかい》たちのためにたちあがったわけだから、なんだか責《せ》められない気《き》がするよな」

「二人《ふたり》のいうことはもっともじゃ。なので、坂東《ばんどう》ではいまも、マサカドを崇拝《すうはい》している妖怪《ようかい》たちが多《おお》いときく」

「とにかく、よみがえったマサカドがなにをするのか、この目《め》でたしかめなきゃならねえ。筑波山《つくばさん》までいくしかねえだろ」

はやりたつコン七《しち》を、兆幻坊《ちょうげんぼう》がなだめます。

「じゃが、筑波《つくば》はとおいぞ。いったい何日《なんにち》かかるのやら……」


コン七《しち》たちがいる九州《きゅうしゅう》の太宰府《だざいふ》から筑波山《つくばさん》までは、直線《ちょくせん》距離《きょり》で約《やく》二三〇里《にひゃくさんじゅうり》、現在《げんざい》の距離《きょり》でいうと九〇〇《きゅうひゃっ》キロ以上《いじょう》あります。

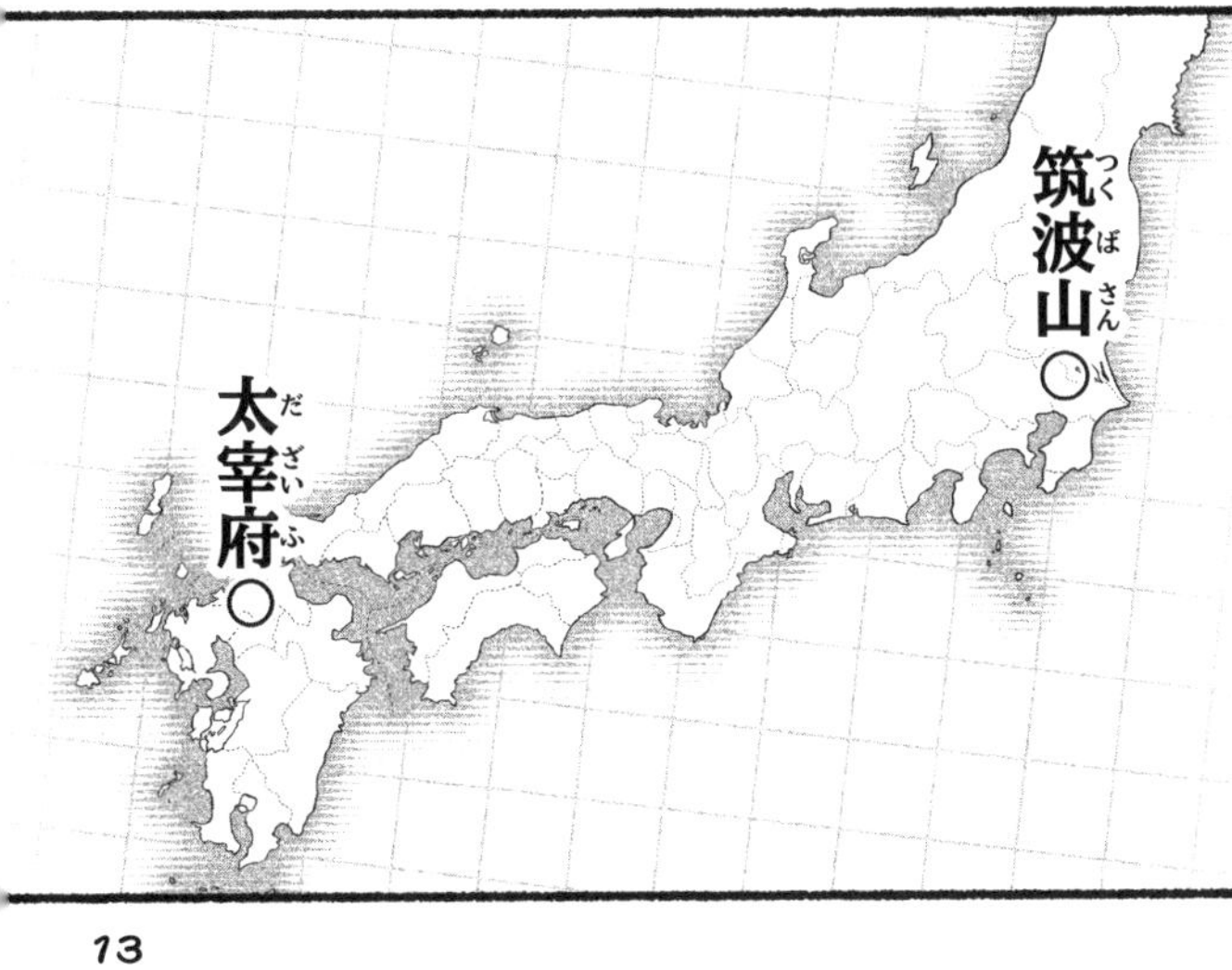

ふつうにあるけば一《いっ》ヵ月《げつ》ちかくかかる距離《きょり》です。コン七一人《しちひとり》が空《そら》をとんでいけば、もっとはやくつきますが、コン七《しち》は、眷士《けんし》たち全員《ぜんいん》で筑波山《つくばさん》にむかうべきだと判断《はんだん》しました。

「みんな、それでいいか？」

というコン七《しち》の言葉《ことば》にうなずく眷士《けんし》たち。その中《なか》には、仲間《なかま》になったばかりの壬四丸《みよまる》もふくまれています。

「壬四丸《みよまる》、本当《ほんとう》にいいのか？　長《なが》い旅《たび》になるかもしれねえぞ」

「かまわねえよ。なんだか、とうちゃんの復讐《ふくしゅう》をする気《き》もうせたからな。このさい、外《そと》の世界《せかい》を見《み》ておくのもおもしろそうだ！」

そんなコン七《しち》たちに、兆幻坊《ちょうげんぼう》が助言《じょげん》します。

「ならば、大阪《おおさか》までは海路《かいろ》をすすんだほうがはやいじゃろう。ワシは、大阪《おおさか》の港《みなと》でそなたたちをまっておることにする」

「な、なんだよ、じいさんもいっしょにいくつもりか？」

「あたりまえじゃ！　京《きょう》での役目《やくめ》もすませたのじゃ。このさき、おまえたちだけにまかせておけるものか！」

やれやれ…。年《とし》よりの冷《ひ》や水《みず》にならなきゃいいけどな。
なんじゃと!? もう一回《いっかい》いうてみい！

コン七《しち》たちは、太宰府《だざいふ》を出《で》て、豊後国《ぶんごのくに》（現在《げんざい》の大分県《おおいたけん》）の海岸《かいがん》をめざしました。そこから、瀬戸内海《せとないかい》をわたり、大阪《おおさか》にむかうつもりなのです。

豊後国《ぶんごのくに》への旅《たび》の途中《とちゅう》、壬四丸《みよまる》が、コン七《しち》にだけきこえるよう、小《ちい》さな声《こえ》ではなしかけました。

「あのさ、オレっちのひみつのことなんだけど……」

コン七《しち》は、なんのことか、すぐにピンときました。

壬四丸《みよまる》は、男《おとこ》の子《こ》のようにふるまっていますが、じつは女《おんな》の子《こ》なのです。そして、それを知《し》っているのは、いまのところコン七《しち》だけです。

「安心《あんしん》しろ。ほかのだれにもバラすつもりはねえよ。その気《き》になったら、おまえが自分《じぶん》でいえばいいさ」

「あ、ありがとうよ。べつに、ずっとかくしておくつもりはねえんだけど、わざわざうちあけるのも、なんだかこっぱずかしくてさ……」

やがて一行《いっこう》は、豊後国《ぶんごのくに》の海岸《かいがん》につきました。はじめて海《うみ》を見《み》た壬四丸《みよまる》は、大《おお》はしゃぎです。

すげえ！これが海《うみ》か!?
こんなにたくさん水《みず》があるのは、はじめて見《み》たぜ！

瀬戸内海《せとないかい》をわたるときには、その壬四丸《みよまる》の力《ちから》が、おおいに役立《やくだ》ちました。

水《みず》を自在《じざい》にあやつる妖力《ようりょく》をもっている壬四丸《みよまる》が、水《みず》の船《ふね》をつくり、みんなをのせて、はこんでくれたのです。

こりゃあ、蟹坊主《かにぼうず》のせなかにのってるより、ずっと楽《らく》だな！

まったくだ！

なんじゃと!? せっかくのせてやったのに！

壬四丸《みよまる》のがんばりもあり、コン七《しち》たちは二日後《ふつかご》、
大阪《おおさか》の港《みなと》につきました。そこには、予告《よこく》どおり
兆幻坊《ちょうげんぼう》がまっておりました。

「あんたが兆幻坊《ちょうげんぼう》さんかい？」

「そういうおまえが壬四丸《みよまる》か？　よろしくな」

兆幻坊《ちょうげんぼう》と壬四丸《みよまる》が、直接《ちょくせつ》、顔《かお》をあわせるのは
はじめてです。

「さて、眷士《けんし》たちよ。ここからはいよいよ陸路《りくろ》じゃ。
東《ひがし》にむかう道《みち》はいろいろあるが、大和国《やまとのくに》から
伊賀国《いがのくに》をぬけ、伊勢《いせ》に出《で》る道《みち》がワシはいいと思《おも》う」

「といわれても、オイラはこのあたりの地理《ちり》は、
ほとんどわからねえ。じいさんにまかせるぜ」

コン七《しち》の言葉《ことば》に、ほかの眷士《けんし》たちもうなずきます。

「わかった。では眷士《けんし》たちよ、出発《しゅっぱつ》しよう！」

といって、みなを先導《せんどう》する兆幻坊《ちょうげんぼう》。

こうして、コン七《しち》たちの新《あら》たな旅《たび》が
はじまったのでございます。

第《だい》二《に》章《しょう》 思《おも》わぬ再会《さいかい》

大阪《おおさか》の港《みなと》を出《で》てから二日目《ふつかめ》、コン七《しち》たちは、けわしい山道《やまみち》をあるいていました。

このあたりは、大和国《やまとのくに》の宇陀地方《うだちほう》で、ここをぬけると伊賀国《いがのくに》に入《はい》ることができます。

「ちっ、もう水《みず》がなくなった！」

竹筒《たけづつ》に入《い》れた水《みず》を頭《あたま》にかけていた壬四丸《みよまる》が、いまいましそうに舌《した》うちしました。河童《かっぱ》である壬四丸《みよまる》は、頭《あたま》の皿《さら》の水分《すいぶん》がなくなると、うごけなくなってしまうのです。

「なぁ、コン七《しち》のアニキ、このちかくに川《かわ》か池《いけ》でもないのかな？」

「そうきかれてもな……。なにせオイラもこのあたりをとおるのは、はじめてだ」

「そうか～。けどこのままじゃ、オレっちはひあがっちまうよ！」

「壬四丸《みよまる》、よかったらオレの水《みず》もつかえ」

と、見《み》かねた眩六《げんろく》が、自分《じぶん》の竹筒《たけづつ》を壬四丸《みよまる》にわたしました。

「ありがとう、眩六《げんろく》さん！」

眩六《げんろく》からもらった水《みず》を頭《あたま》の皿《さら》にかけながら、壬四丸《みよまる》は五右衛門《ごえもん》をにらみつけました。

「おい、五右衛門《ごえもん》。ちっとは眩六《げんろく》さんを見《み》ならえ。これが大人《おとな》の男《おとこ》のやさしさってもんだぜ」

「うるせえ！　だいたい、なんでコン七《しち》はアニキで、眩六《げんろく》はさんづけなのに、オレ様《さま》だけよびすてなんだよ？」

「へ〜、妖賊王《ようぞくおう》とか名《な》のってたくせに、そんなこまかいことを気《き》にするのか？　案外《あんがい》、小物《こもの》だな」

「な、なんだと〜！」

顔《かお》を真《ま》っ赤《か》にしておこる五右衛門《ごえもん》。どうやら壬四丸《みよまる》は、この数日《すうじつ》のあいだに、五右衛門《ごえもん》のからかいかたをすっかりおぼえたようです。

コン七《しち》は、そんな二人《ふたり》のやりとりを、わらいながらきいておりました。

と、そのとき、コン七《しち》たちの前方《ぜんぽう》に突然《とつぜん》煙《けむり》がたちのぼり、つづいて火《ひ》の手《て》があがったのです！
たすけてくれ〜！
なんじゃ！山火事《やまかじ》か？
だれか、こっちににげてくるぜ！

「射日鹿族《いひかぞく》だって?」

もちろんコン七《しち》には、はじめてきく名前《なまえ》です。

兎駆肢族《うかしぞく》のものたちが、口々《くちぐち》にうったえます。

「射日鹿族《いひかぞく》は、このちかくをなわばりにしてる乱暴《らんぼう》な連中《れんちゅう》なんだ。やつら、ずっと前《まえ》から、われわれの村《むら》を自分《じぶん》たちのものにしようと、ねらってたんだ!」

「それで今日《きょう》、とうとう村《むら》に火矢《ひや》をうちこんで、攻撃《こうげき》してきたんだ! おねがいだ、たすけてくれ!」

兎駆肢族《うかしぞく》はウサギの妖怪《ようかい》です。野山《のやま》をすばやく走《はし》ることはできますが、たたかいは得意《とくい》ではありません。

「コン七《しち》よ、どうする?」

「そうさな……このまま見《み》すごすわけにもいかねえ。とりあえず、村《むら》の様子《ようす》を見《み》にいってみよう!」

と、かけ出《だ》すコン七《しち》。五右衛門《ごえもん》たちも、そのあとにつづきます。

コン七《しち》たちが兎駆肢族《うかしぞく》の村《むら》につくと、そこには、凄惨《せいさん》な光景《こうけい》がくりひろげられておりました。

あっ!!

おとなしく村《むら》をあけわたせ! そうすれば、命《いのち》だけはたすけてやる!

それがいやなら皆殺《みなごろ》しだ!

射日鹿族《いひかぞく》

兎駆肢族《うかしぞく》と射日鹿族《いひかぞく》のあいだに、これまでどんないきさつがあったのかはわかりません。しかしコン七《しち》は、射日鹿族《いひかぞく》のあまりにもひどいやりかたに、いかりを感《かん》じました。

「兎駆肢族《うかしぞく》をたすけよう！　みんな、いいいか？」

「おう、そうこなくちゃいけねえ！」

ためらうことなく、うなずく五右衛門《ごえもん》たち。

「だったら、まずは火《ひ》をけさなきゃな！」

コン七《しち》は、村《むら》の中《なか》に井戸《いど》がないか、さがしました。すると、何人《なんにん》かの兎駆肢族《うかしぞく》たちが、井戸《いど》らしき場所《ばしょ》から水《みず》をくみあげ、火《ひ》をけそうとしているのが見《み》えたのです。

「あった！　あれが井戸《いど》だな。壬四丸《みよまる》、おまえは井戸《いど》の水《みず》をつかって火《ひ》をけせ！」

「合点《がってん》だ！」

壬四丸《みよまる》は、井戸《いど》の水《みず》をあやつり、火《ひ》をけしはじめました。

一方《いっぽう》、コン七《しち》たちは、射日鹿族《いひかぞく》をおいはらいます。

射日鹿族《いひかぞく》がいかに乱暴《らんぼう》でも、コン七《しち》たちの敵《てき》ではありません。

「な、なんなんだ、あの手《て》ごわいやつらは!?」

「わからん! 見《み》たこともない連中《れんちゅう》だ」

「ええい、しかたがない! 今日《きょう》のところはひきあげだ!」

と、浮《う》き足《あし》だってにげはじめる射日鹿族《いひかぞく》たち。

ところが、最後《さいご》の置《お》き土産《みやげ》とばかりに、射日鹿族《いひかぞく》の一人《ひとり》が矢《や》をはなちました。

そしてその矢《や》は、火《ひ》をけすのに集中《しゅうちゅう》していた壬四丸《みよまる》の背中《せなか》に、命中《めいちゅう》してしまったのです。

壬四丸《みよまる》は、その場《ば》にくずれおちました。コン七《しち》がよびかけても、なにもこたえません。どうやら、かなりの深手《ふかで》のようです。

あせっているコン七《しち》たちのところに、兎駆肢族《うかしぞく》の一人《ひとり》がやってきました。

「あいさつも礼《れい》もいい！　それより、このあたりに医者《いしゃ》はいないか？」

と、尾兎《おと》にくってかかるコン七《しち》。

「わたしも、それをもうしあげにきたんです。このちかくに、とびっきりの名医《めいい》がいます！　わたしが案内《あんない》するので、この子《こ》をその医者《いしゃ》のところにはこびましょう！」

猛然《もうぜん》と走《はし》り
はじめる尾兎《おと》。
変化《へんげ》の術《じゅつ》で
翼《つばさ》を出《だ》した
コン七《しち》が、空《そら》から
それをおいます。
わかった！ すぐに案内《あんない》してくれ!!
とばしますから、しっかりついてきてください！
コン七《しち》のすがたは、あっというまに見《み》えなくなってしまいました。
壬四丸《みよまる》のやつ、だいじょうぶかな？
心配《しんぱい》するな。壬四丸《みよまる》はきっとたすかる。
ワシらも、村人《むらびと》たちにきいて、その医者《いしゃ》のいる場所《ばしょ》にむかおうではないか！

尾兎《おと》がコン七《しち》をつれていったのは、〈赤目《あかめ》の里《さと》〉とよばれる場所《ばしょ》でした。

そこは、〈赤目四十八滝《あかめしじゅうはったき》〉といわれるほど滝《たき》の多《おお》い場所《ばしょ》で、医者《いしゃ》の庵《いおり》も滝《たき》のすぐすばにありました。

先生《せんせい》、ケガ人《にん》です！すぐにみてください！

ところが、その医者《いしゃ》のすがたを見《み》たコン七《しち》は、おどろきの声《こえ》をあげたのです。

なにっ!?

あ、赤目《あかめ》…なのか?
それは、かつて天怪《てんかい》の部下《ぶか》だった、月光妖忍軍《げっこうようにんぐん》の赤目《あかめ》でした。
え?
そういうおまえはコン七《しち》……?
赤目《あかめ》
※赤目《あかめ》が登場《とうじょう》する「天怪篇《てんかいへん》」をまだ読《よ》んでいないかたは、ぜひご一読《いちどく》ください。

「お、お二人《ふたり》は知《し》りあいだったんですか?」

ふしぎそうにコン七《しち》たちを見《み》る尾兎《おと》。

「おまえ、なぜここに……?」

とたずねるコン七《しち》を、赤目《あかめ》が制《せい》します。

「話《はなし》はあとだ。まずはケガ人《にん》をみよう!」

コン七《しち》は、赤目《あかめ》にいわれるまま、壬四丸《みよまる》を布団《ふとん》の上《うえ》にねかせました。

うつぶせにねかされた壬四丸《みよまる》の背中《せなか》から、赤目《あかめ》が手《て》ぎわよく矢《や》をひきぬきます。

「うむ、かなりの深手《ふかで》だが、さいわい急所《きゅうしょ》ははずれているようだ。コン七《しち》、この布《ぬの》で傷口《きずぐち》をふいてくれ」

コン七《しち》は、赤目《あかめ》からわたされた白《しろ》い布《ぬの》で、壬四丸《みよまる》の傷口《きずぐち》をきれいにふきました。

「よし、では治療《ちりょう》をはじめるぞ」

赤目《あかめ》はそういうと、自分《じぶん》のシッポの
先《さき》から出《で》た液体《えきたい》を、
小皿《こざら》でうけました。

そしてその液体《えきたい》を、
壬四丸《みよまる》の傷口《きずぐち》に
ぬったのです。

すると、壬四丸《みよまる》の傷口《きずぐち》が、またたく間《ま》にふさがっていくではありませんか！

はじめて見《み》るコン七《しち》はもちろん、これまでに何度《なんど》か赤目《あかめ》の治療《ちりょう》を見《み》たこともある尾兎《おと》も、目《め》を見《み》はっています。

「ほう、これほど回復《かいふく》がはやいのはめずらしい。この子《こ》は、よほど生命力《せいめいりょく》が強《つよ》いのだろう」

と、治療《ちりょう》をした赤目本人《あかめほんにん》もおどろいています。

「そ、それじゃ壬四丸《みよまる》は？」

「ああ、もうだいじょうぶだ。明日《あす》か明後日《あさって》には、うごけるようになるだろう」

「そうか……よかった」

コン七《しち》は心《こころ》から安心《あんしん》しました。

「しかしおどろいたぜ、赤目《あかめ》。おまえにこんな力《ちから》があったとは……」

「わたしは、その天怪様《てんかいさま》のからだの一部《いちぶ》から生《う》まれた。だから、天怪様《てんかいさま》ほどではないが、わたしにも再生能力《さいせいのうりょく》があるんだ。さっき、シッポからしぼり出《だ》した液体《えきたい》には、その再生能力《さいせいのうりょく》がつまっている。あれを傷口《きずぐち》にぬれば、ほとんどの傷《きず》はなおるし、口《くち》からのめば病気《びょうき》もなおる」

「へえ〜、そんなことができるのか!」

「どうやらあの液体《えきたい》には、生《い》き物《もの》の成長《せいちょう》をたすけたり、はやめたりする力《ちから》があるらしい……。わたしは、それをつかって、病人《びょうにん》やケガ人《にん》たちを治療《ちりょう》しているんだ」

「それにしても、おまえがこんなところで医者《いしゃ》をやっているとはな。あのあと、いったいどうしていたんだ?」

「ま、はなせばながくなるけどな……」

そのとき、庵《いおり》の前《まえ》が突然《とつぜん》にぎやかになり、つづいて五右衛門《ごえもん》たちがかけこんできました。

「コン七《しち》、壬四丸《みよまる》はどうなった?」

「すまねえ、オイラの仲間《なかま》たちだ」

大勢《おおぜい》におしかけられておどろいている赤目《あかめ》にそうあやまると、コン七《しち》はすぐ、五右衛門《ごえもん》たちにこういいました。

「みんな、安心《あんしん》してくれ。この赤目先生《あかめせんせい》のおかげでたすかったぜ」

ホッとした様子《ようす》の五右衛門《ごえもん》たち。

はじめて赤目《あかめ》に会《あ》った五右衛門《ごえもん》たちは、赤目《あかめ》のことをただの医者《いしゃ》だと信《しん》じています。

と、それまで気《き》をうしなっていた壬四丸《みよまる》が、やっと目《め》をひらきました。

「ん…？　ここはどこだ？　オレっちはいったい、どうしちまったんだ……？」

それを見《み》た五右衛門《ごえもん》たちが、壬四丸《みよまる》のそばにかけよります。

結局《けっきょく》その日《ひ》、コン七《しち》たちは全員《ぜんいん》、赤目《あかめ》の庵《いおり》にとまることになりました。

壬四丸《みよまる》はすっかりよくなりましたが、念《ねん》のため、旅《たび》を再開《さいかい》するのは、もう何日《なんにち》かまったほうがいいと、赤目《あかめ》がいったからです。

みながねしずまったあと、コン七《しち》と赤目《あかめ》は、二人《ふたり》で庵《いおり》の縁側《えんがわ》に腰《こし》かけ、昼間《ひるま》の話《はなし》のつづきをはじめました。

コン七《しち》にとわれるまま、自分《じぶん》のことをかたりはじめる赤目《あかめ》……。

天怪様《てんかいさま》がたおされたあと、生《い》きる目的《もくてき》をうしなったわたしは、あてもなく各地《かくち》を転々《てんてん》とした……。そして、このちかくまでやってきたとき、わたしの名前《なまえ》と同《おな》じ赤目《あかめ》の里《さと》があるときき、たちよることにしたんだ。

赤目《あかめ》の里《さと》には、力《ちから》のない妖怪《ようかい》たちが、ひっそりと身《み》をよせあってくらしていました。

そして、赤目《あかめ》がやってきたとき、里《さと》にははやり病《やまい》が流行《りゅうこう》していたのです。

「苦《くる》しむ病人《びょうにん》たちを目《め》の前《まえ》にして、わたしはつい、自分《じぶん》の力《ちから》をつかい、治療《ちりょう》をはじめてしまったんだ……。」

赤目《あかめ》の治療《ちりょう》はきき、はやり病《やまい》はおさまりました。里《さと》の妖怪《ようかい》たちはとてもよろこび、できることならずっとここにいてほしいと、赤目《あかめ》にたのんだのです。

「で、結局《けっきょく》そのまま、ここにいつづけてるのさ。やがて、わたしの治療《ちりょう》をめあてに、あちこちから病人《びょうにん》やケガ人《にん》が、はこびこまれるようになった」

「なるほどな。けど、よかったじゃないか。自分《じぶん》の居場所《いばしょ》が見《み》つかって」

「まぁ、そうだな」

「ところで赤目《あかめ》……天怪《てんかい》は死《し》んだと思《おも》うか？将軍様《しょうぐんさま》は、生《い》きてるといってたけど……」

「たぶん、どこかで生《い》きておられるだろう。さっきもいったが、わたしは天怪様《てんかいさま》のからだの一部《いちぶ》から生《う》まれた。天怪様《てんかいさま》がこの世《よ》から完全《かんぜん》にきえたら、わたしにはわかるはずだ。しかし、あれだけ木《こ》っ端微塵《ぱみじん》にくだけちったのだ。強《つよ》い再生能力《さいせいのうりょく》をもつ天怪様《てんかいさま》とはいえ、復活《ふっかつ》するには何十年《なんじゅうねん》、いや何百年《なんびゃくねん》もかかるかもしれない……」

「で、もしも天怪《てんかい》が復活《ふっかつ》して、またお江戸《えど》や将軍様《しょうぐんさま》をねらうとすれば、おまえはどうする？　天怪《てんかい》のために、はたらくのか？」

「さあ、どうしたものかな……。けどわたしは、いまのくらしがけっこう気《き》に入《い》ってるんだ」

と、はぐらかした赤目《あかめ》が、逆《ぎゃく》にコン七《しち》にたずねます。

「そんなことよりコン七《しち》、あいつはどうしてる？」

それがゼロ吉《きち》のことだとすぐにわかったコン七《しち》は、顔《かお》をくもらせました。

「どうした？　なにかあったのか？」

コン七《しち》は、冥界《めいかい》でゼロ吉《きち》の身《み》におきたことを、正直《しょうじき》にうちあけました。

「な、なに？　一度《いちど》死《し》んだあと、赤《あか》ん坊《ぼう》として生《う》まれかわっただと？」

さすがの赤目《あかめ》も、これにはおどろいたようです。

ああ……。いまは生《う》まれ故郷《こきょう》の村《むら》で、美雪《みゆき》さんたちにそだてられているはずだ。
そうか……。

と、すこしさびしそうな目《め》で夜空《よぞら》を見《み》あげる赤目《あかめ》。

赤目《あかめ》にとってゼロ吉《きち》は、好敵手《こうてきしゅ》といっていい存在《そんざい》でした。同《おな》じ忍《しの》びとして、どこか、相通《あいつう》ずるものを感《かん》じていたのです……。

コン七《しち》と赤目《あかめ》が、
そんな話《はなし》をして
いたころ、とおく
はなれた常陸国《ひたちのくに》の
筑波山《つくばさん》の山頂付近《さんちょうふきん》では、
はげしいたたかいが、人知《ひとし》れず
くりひろげられておりました。
上空《じょうくう》に侵入者《しんにゅうしゃ》だ！
のがすな！射落《いお》とせ！

どうやら、たった一人《ひとり》の侵入者《しんにゅうしゃ》を、大勢《おおぜい》の兵《へい》がねらっているようです。

その侵入者《しんにゅうしゃ》……飛天《ひてん》の二羽《ふたば》と名《な》のった少女《しょうじょ》は、兵《へい》たちがはなつ矢《や》を軽々《かるがる》とよけながら、こうつぶやきました。

「今夜《こんや》は偵察《ていさつ》だけのつもりだったけど、見《み》つかったからにはしかたがない。ちょっとだけ相手《あいて》をしてやるよ！」

飛天《ひてん》とは、飛天狗《とびてんぐ》のことです。

飛天狗《とびてんぐ》は、天狗妖怪《てんぐようかい》の中《なか》でも、とくに飛行能力《ひこうのうりょく》にすぐれた一族《いちぞく》で、鼻高天狗《はなたかてんぐ》や烏天狗《からすてんぐ》よりも、はるかにはやく、そしてたくみに空《そら》を飛《と》ぶことができます。

二羽《ふたば》は、その飛天狗一族《とびてんぐいちぞく》の娘《むすめ》のようでございます。

飛《ひ》天《てん》、羽《う》翔《しょう》剣《けん》！
うわっ！
こいつはたまらん！
つづいて二羽《ふたば》は、腰《こし》のうしろにさしていた、釵《さい》という武《ぶ》器《き》を二《に》本《ほん》、とりだしました。
まだまだいくよ！

「どうだい、二羽《ふたば》様《さま》の力《ちから》、思《おも》いしったか？」

ふたたび上空《じょうくう》にまいあがり、兵《へい》たちを見《み》おろして気持《きも》ちよさそうにさけぶ二羽《ふたば》。

と、兵《へい》の一人《ひとり》が、どこからかもってきた網《あみ》を、二羽《ふたば》めがけて投《な》げつけました。

し、しまった！
油断《ゆだん》していたのか、その兵《へい》が投《な》げた網《あみ》に、二羽《ふたば》はからめとられてしまったのです。
あう！
よし、やったぞ！
いまのうちにとりおさえろ！
このままでは、二羽《ふたば》はまちがいなく、兵《へい》たちにとらえられるでしょう。
しかしそのとき、一人《ひとり》の男《おとこ》が、木陰《こかげ》から走《はし》り出《で》てきました。

うぐっ！
げはっ！
傀儡《くぐつ》の一《いち》之《の》丞《じょう》
峰《みね》打《う》ちじゃ。安心《あんしん》いたせ。
あっというまに兵《へい》たちすべてをたおしたその男《おとこ》は、つづけて刀《かたな》を一閃《いっせん》しました。
はっ！

「あ、あんた、いったいだれなんだい……？」

二羽《ふたば》は、自分《じぶん》をたすけてくれたこの男《おとこ》のことを、まったくしらないようです。

「それがしの名《な》は一之丞《いちのじょう》。だが、話《はなし》はあとだ。また追《お》っ手《て》がくるかもしれん。その前《まえ》に、にげるぞ。どうだ、飛《と》べるか？」

「も、もちろんさ！」

ところが、二人《ふたり》の前方《ぜんぽう》に巨大《きょだい》な人影《ひとかげ》が
あらわれました。

その人影《ひとかげ》は、大木《たいぼく》を根《ね》もとからひきぬくと、
二人《ふたり》めがけてふりおろしてきたのです！

二羽《ふたば》は、その大木《たいぼく》を
よけられませんでした。

大木《たいぼく》の直撃《ちょくげき》をうけて地面《じめん》にたたきつけられ、気《き》をうしなう二羽《ふたば》。
けれども一之丞《いちのじょう》は、つづけて自分《じぶん》にふりおろされた大木《たいぼく》を、裂帛《れっぱく》の気合《きあい》とともに、一刀両断《いっとうりょうだん》にしたのです。
いやーっ!!
ほう、なかなかやるではないか。

二人《ふたり》の前《まえ》にたちはだかったのは、マサカドでした。やはりマサカドは、すでに復活《ふっかつ》していたのです！

マサカドは、電光石火《でんこうせっか》のはやさで、一之丞《いちのじょう》めがけて大薙刀《おおなぎなた》をふりおろしました。

間一髪《かんいっぱつ》でそれをかわした
一之丞《いちのじょう》は、マサカドめがけて
猛然《もうぜん》と突進《とっしん》します。
たあっ！
一之丞《いちのじょう》の刀《かたな》は、みごとにマサカドの
首《くび》すじをとらえました。しかし……。
な、なにっ!?

わたしの体《からだ》は、鋼《はがね》よりもかたい。刀《かたな》など、なにほどのこともないわ。

マサカドは、あっけにとられた一之丞《いちのじょう》の頭《あたま》をわしづかみにすると、その体《からだ》をふりまわし……。

それっ!

う…!

ぐっ!

ちかくの木《き》にたたきつけたのです。あまりの衝撃《しょうげき》に、気《き》をうしなう一之丞《いちのじょう》。

マサカドが、気《き》をうしなった一之丞《いちのじょう》と二羽《ふたば》を見《み》おろしていると、何人《なんにん》かの兵《へい》たちがやってきました。

「マサカド様《さま》、ごぶじで？」

「このようなものたちにおくれをとるわたしではない。しかしこの二人《ふたり》、何者《なにもの》だ？」

「一人《ひとり》は、山《やま》のふもとの森《もり》にすむ、飛天一族《ひてんいちぞく》の娘《むすめ》かと思《おも》いますが、もう一人《ひとり》は見《み》たこともありません」

「そうか……。ことによると朝廷《ちょうてい》か幕府《ばくふ》の隠密《おんみつ》かもしれんな」

「え！　ま、まさか……」

「ともかく、いまはわれらにとってだいじなとき。明日《あす》にでもわたしが直接《ちょくせつ》、この二人《ふたり》に話《はなし》をきくとしよう。それまで、牢《ろう》にとじこめておけ」
そう兵《へい》たちに命《めい》じ、さっていくマサカド。
はたして彼《かれ》は、この筑波山《つくばさん》で、いったいなにをしようとしているのでしょう？
そして、飛天《ひてん》の娘《むすめ》・二羽《ふたば》と、なぞの男《おとこ》・一之丞《いちのじょう》の運命《うんめい》は……？

第三《さん》章《しょう》　筑《つく》波《ば》山《さん》の死《し》闘《とう》

お話《はなし》はふたたび、赤目《あかめ》の里《さと》にもどります。
赤目《あかめ》との会話《かいわ》をおえたコン七《しち》は、みなと
同《おな》じ部屋《へや》で、ぐっすりとねむっておりました。

すると突然《とつぜん》、捨三《すてざ》が大声《おおごえ》を出《だ》してはねおきたのです。

「ああっ、たいへんダス！」

その声《こえ》におどろき、みな、目《め》をさましました。……いや、五右衛門《ごえもん》だけは、あいかわらず高《たか》いびきでねむっているようです。

「どうした、捨三《すてざ》？」

目《め》をこすりながらたずねるコン七《しち》。

「見《み》てくれダス！　オラの鏡《かがみ》にこんなものがうつっているダス！」

捨三《すてざ》は、自《みずか》ら精神《せいしん》を集中《しゅうちゅう》して、鏡《かがみ》になにかをうつし出《だ》すこともありますが、自分《じぶん》が予期《よき》しないとき、突然《とつぜん》鏡《かがみ》に映像《えいぞう》がうかぶこともあるのです。

コン七《しち》たちが捨三《すてざ》の鏡《かがみ》を
のぞきこむと、そこには、
筑波山《つくばさん》を背景《はいけい》に、二《ふた》つの玉《たま》が
うかびあがっておりました。

コン七《しち》たちがもっている
のと同《おな》じ、八眷士《はっけんし》のあかしと
なる、あの玉《たま》です。

「こ、これは……筑波山《つくばさん》に仲間《なかま》がいるってことなのか？」
「しかも、二人《ふたり》もダス！　それに、ハッキリとはいえないダスが、
その二人《ふたり》によくないことがおきている気《き》がするダス……」
「だったら、たすけにいかないと！」
「でもコン七《しち》さん、筑波山《つくばさん》はとおいダスよ」
「オイラ一人《ひとり》で空《そら》を飛《と》べば、なんとか明日《あす》にはつくんじゃないか？」
赤目《あかめ》の里《さと》から筑波山《つくばさん》までは、いまの距離《きょり》でいうとおよそ五〇〇《ごひゃっ》
キロメートル。コン七《しち》が空《そら》を飛《と》ぶ速度《そくど》は時速《じそく》五〇《ごじゅう》～六〇《ろくじゅっ》キロほど
なので、やすまず飛《と》んでも
十時間《じゅうじかん》ちかくはかかります。
「まて、コン七《しち》。ワシに
ためしてみたいことがある」
「なんだよ、じいさん？
やるならはやくしてくれ！」
「わかった！」

兆幻坊《ちょうげんぼう》は、体内妖合《たいないようごう》の術《じゅつ》をつかい、コン七《しち》と一体《いったい》になりました。

「さあコン七《しち》、これでいつものように、変化《へんげ》の術《じゅつ》で翼《つばさ》を出《だ》して、空《そら》を飛《と》んでみろ」

いわれたとおりにしたコン七《しち》はおどろきました。

おおっ、いつもよりずっと、体《からだ》がかるく感《かん》じるぜ!
やはりな。おまえはすでにワシと同《おな》じくらいの飛行《ひこう》能力《のうりょく》をもっておる。そこにさらに、ワシの飛行《ひこう》能力《のうりょく》をくわえたら、もっとはやく飛《と》べるようになるはずじゃ!

それじゃみんな、オイラは一足先《ひとあしさき》に筑波山《つくばさん》にむかうぜ!
わかった!オレたちも、なるべくはやくつくよう、旅《たび》を再開《さいかい》する!
アニキ、気《き》をつけろよ――っ!

さて一方《いっぽう》、とらえられた一之丞《いちのじょう》と
二羽《ふたば》は、牢《ろう》の中《なか》でほぼ同時《どうじ》に目《め》を
さましました。
う……。
うう……。
二人《ふたり》は縄《なわ》で
からだをしばられ、
一之丞《いちのじょう》の刀《かたな》は
うばわれています。

二人《ふたり》はおたがいのすがたを見《み》て、自分《じぶん》たちがどうやらつかまったらしいと、理解《りかい》しました。

「一之丞《いちのじょう》さんとかいったね。さっきは、たすけてくれてありがとうよ。あたしは二羽《ふたば》っていうんだ」

「二羽殿《ふたばどの》か……。礼《れい》にはおよばぬ。結局二人《けっきょくふたり》とも、こうしてつかまってしまったわけだからな」

「それにしてもあんた、すごい剣《けん》の腕《うで》だけど、いったい何者《なにもの》なんだい？」

「それがしは、幕府《ばくふ》の隠密《おんみつ》だ」

「え！　それじゃ、江戸《えど》の将軍様《しょうぐんさま》の」

一之丞《いちのじょう》はなんと、幕府《ばくふ》……すなわち、江戸《えど》の妖怪大将軍《ようかいだいしょうぐん》配下《はいか》の隠密《おんみつ》だというのです。

「け、けど、隠密《おんみつ》って、ふつうは正体《しょうたい》をかくすもんだろ？」

「それがしは、ウソが苦手《にがて》なのだ」

本気《ほんき》なのか冗談《じょうだん》なのか、一之丞《いちのじょう》は無表情《むひょうじょう》にこたえます。

「とにかく江戸《えど》の将軍様《しょうぐんさま》も、筑波山《つくばさん》でなにか異変《いへん》がおきているのを、すでにつかんでおられる。それでそれがしに、さぐってくるよう命《めい》じられたのだ」

一之丞《いちのじょう》は今夜《こんや》、はじめて筑波山《つくばさん》に入《はい》り、ひそかに様子《ようす》をさぐりはじめました。

ところが、目《め》の前《まえ》で兵《へい》たちと二羽《ふたば》のたたかいがはじまり、とっさに二羽《ふたば》をたすけてしまったのでした。

かんたんに正体《しょうたい》をあかしたり、見《み》ず知《し》らずの二羽《ふたば》をたすけたり、どうやら一之丞《いちのじょう》は、一風《いっぷう》かわった隠密《おんみつ》のようです。

「そういうそなたは、なぜ筑波山《つくばさん》にきたのだ？」

「あたしは、この山《やま》のふもとの森《もり》にすむ、飛天一族《ひてんいちぞく》の長《おさ》の娘《むすめ》なんだ。最近《さいきん》このあたりに、みょうなウワサがたっていてね。それが本当《ほんとう》か、たしかめにきたのさ」

「いったいどんなウワサだ？」

あんた、マサカドって知《し》ってるかい？　大昔《おおむかし》、このあたりを本拠《ほんきょ》にしていた有名《ゆうめい》な武人《ぶじん》なんだけどね。そのマサカドが生《い》きかえり、兵《へい》たちをあつめてるというウワサなんだ。
マサカドというと、不死身《ふじみ》の武神《ぶしん》と異名《いみょう》をとった、あのマサカドか？　それがよみがえったとは、にわかには信《しん》じられんが、さっきたたかった巨人《きょじん》がマサカドなら、あの強《つよ》さもうなずける……。

「あたしが今夜《こんや》さぐったかぎりでは、ウワサは本当《ほんとう》だった。このことをはやく、仲間《なかま》にしらせないと……」

「それがしも、将軍様《しょうぐんさま》に報告《ほうこく》せねばな。では、この牢《ろう》から出《で》るとするか」

「え！　いったいどうやって？」

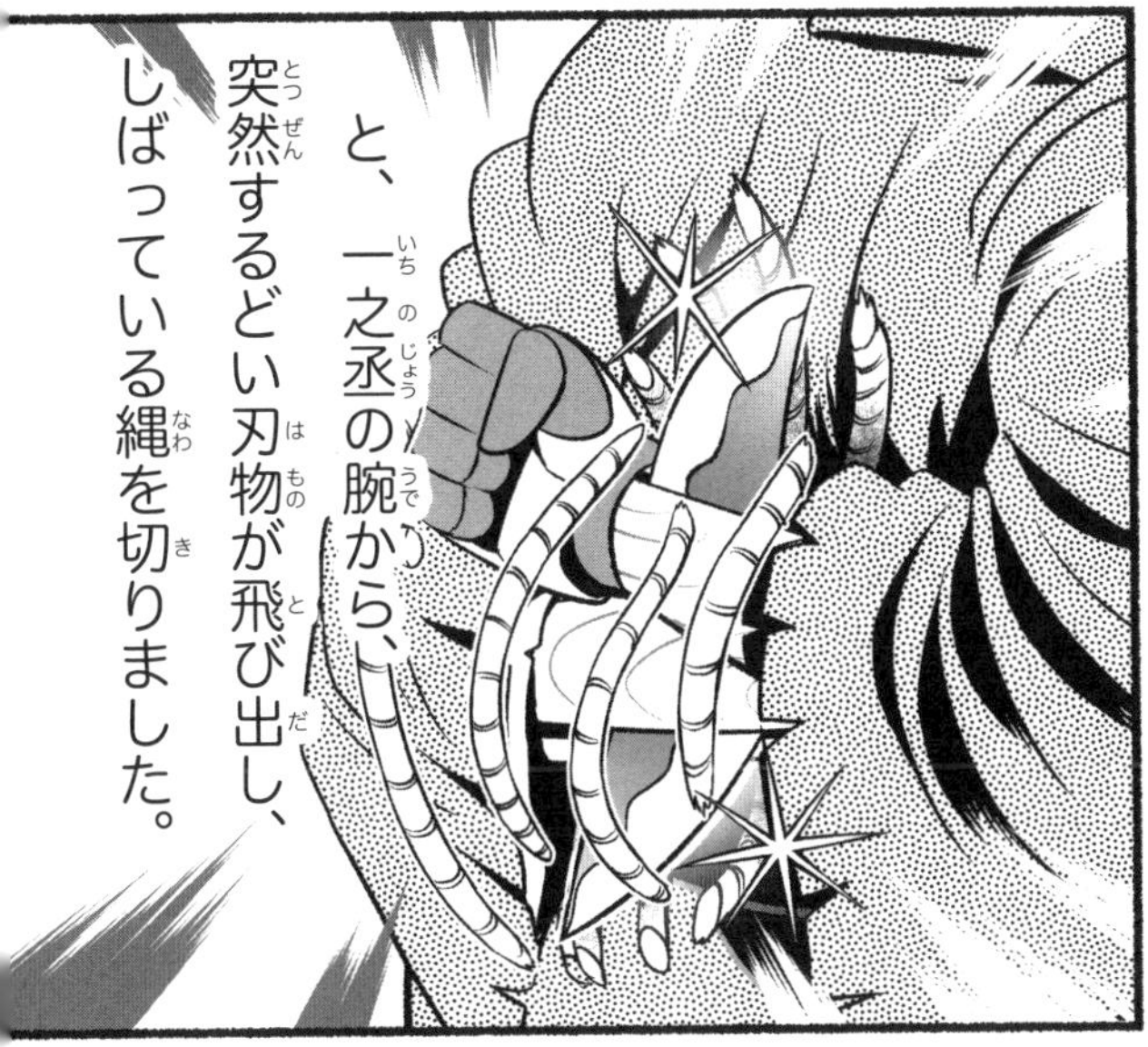

と、一之丞《いちのじょう》の腕《うで》から、突然《とつぜん》するどい刃物《はもの》が飛《と》び出《だ》し、しばっている縄《なわ》を切《き》りました。

縄《なわ》を切《き》って自由《じゆう》になった一之丞《いちのじょう》は、つづいて二羽《ふたば》の縄《なわ》をほどいてくれました。

からだの中《なか》にそんな刃物《はもの》をかくしているなんて、あんた、いったいなんの妖怪《ようかい》なんだい？

「いや。それがしは、そなたたちのような妖怪《ようかい》ではない。ただの傀儡《くぐつ》……すなわち、木《き》でできた人形《にんぎょう》なのだ」

「え？　人形《にんぎょう》のつくも神《がみ》ってことかい？」

「それもちがう。文字《もじ》どおり、ただの人形《にんぎょう》なのだ」

「だ、だって、こうやってちゃんとあたしと話《はな》してるし、自分《じぶん》の心《こころ》だって、もっているようじゃないか！」

「それは、それがしをつくった傀儡師《くぐつし》が、それがしに魂《たましい》をふきこんでくれたからだ。それゆえ、意志《いし》も感情《かんじょう》もある」

一之丞《いちのじょう》はさらにつづけます。
「だが、人形《にんぎょう》なので、そなたたちのように、顔《かお》の表情《ひょうじょう》をかえることはできない。
それに、いたみも感《かん》じない。
ただし、さっきのように強《つよ》い衝撃《しょうげき》をうけると、意識《いしき》をなくすことはあるが……」
といわれても、二羽《ふたば》はまだよく理解《りかい》できないようです。
「とにかく、いまは牢《ろう》から出《で》よう。それがしの背中《せなか》にかくれていてくれ」
一之丞《いちのじょう》はそういうと、膝《ひざ》を直角《ちょっかく》にまげました。

きゃっ!
一之丞《いちのじょう》が膝《ひざ》から
はなった爆弾《ばくだん》は、
牢《ろう》をみごとに
ふきとばしました!

「だ、だいじょうぶかい？」

二羽《ふたば》は、自分《じぶん》をかばうようにしてたおれている一之丞《いちのじょう》を気《き》づかいます。

「気《き》にするな。さっきもいったが、それがしはいたみを感《かん》じない」

といって、平然《へいぜん》とおきあがる一之丞《いちのじょう》のふところから、小《ちい》さな玉《たま》がころがりおちました。

その玉《たま》の中《なか》には、〈壱《いち》〉の字《じ》がうかびあがっています。

それを見《み》ておどろく二羽《ふたば》。

「その玉《たま》は」

「何日《なんにち》か前《まえ》、それがしの足《あし》もとに空《そら》からふってきたのだ」

「こ、これを見《み》ておくれ！」

あたしもすこし前《まえ》、この玉《たま》をひろった！
おお……。
壱
弐

二羽《ふたば》がふところからとりだしたのは、〈弐《に》〉の字《じ》がうかぶ玉《たま》でした。

捨三《すてざ》の予言《よげん》は、やはりあたっていたのです。

「中《なか》の字《じ》だけはちがうが、同《おな》じ玉《たま》のように見《み》える。これはいったいどういうことなのだ？」

「あたしがききたいよ」

二人《ふたり》はまだ、それが妖怪八犬士《ようかいはちけんし》のあかしとなる玉《たま》だとは知《し》りません。

いまはただ、奇妙《きみょう》な偶然《ぐうぜん》におどろくばかり。

と、そのとき、爆発《ばくはつ》の音《おと》をききつけたのか、兵《へい》たちがやってくる気配《けはい》がしました。

「なんだ、いまの大《おお》きな音《おと》は」

「牢《ろう》のほうからきこえたぞ。いってみよう！」

口々《くちぐち》にはなす兵《へい》たちの声《こえ》をききながら、一之丞《いちのじょう》は二羽《ふたば》にたずねました。

「二羽殿《ふたばどの》、たたかえるか？」

「もちろんさ！　そういうあんたこそ、刀《かたな》なしで平気《へいき》かい？」

「問題《もんだい》ない」

二人《ふたり》は、かけつけてきた兵《へい》たちをむかえうちました。

ぎゃっ!
うわっ!

あの人《ひと》、いったい
いくつ、からだに武器《ぶき》を
かくしてるんだい？
けど、こっちも
負《ま》けてられないよ！
飛天《ひてん》、鎌鼬《かまいたち》！
二羽《ふたば》が、翼《つばさ》の先《さき》からはなったのは、超高速《ちょうこうそく》で
回転《かいてん》するつむじ風《かぜ》です。それはまるで鎌鼬《かまいたち》の
ように、ふれたものを切《き》りさくのです！
ぐわっ！
ひいっ！

一之丞《いちのじょう》と二羽《ふたば》は、かけつけてきた兵《へい》たちを、あっというまにたおしてしまいました。

「二羽殿《ふたばどの》、外《そと》に出《で》るぞ！」

「わかった！」

二人《ふたり》は、牢《ろう》があった洞窟《どうくつ》から外《そと》にかけ出《だ》しました。

外《そと》はすでに夜明《よあ》けをむかえていました。

そして洞窟《どうくつ》の前《まえ》には、さわぎをききつけたのか、あのマサカドがたっていたのです。

「ふふふ……あの牢《ろう》をやぶるとは、やはりただものではないようだな」

黒子《くろこ》の講釈《こうしゃく》 傀儡《くぐつ》の一之丞《いちのじょう》篇《へん》

毎度《まいど》のことではございますが、お話《はなし》の途中《とちゅう》で失礼《しつれい》いたします。ご案内役《あんないやく》の黒子《くろこ》ともうします。さて今回《こんかい》は、いきなり登場《とうじょう》した二人《ふたり》の眷士《けんし》、傀儡《くぐつ》の一之丞《いちのじょう》と飛天《ひてん》の二羽《ふたば》について、つづけて紹介《しょうかい》させていただきますので、どうかおつきあいを！

●木霊《こだま》の傀儡師《くぐつし》が執念《しゅうねん》をこめてつくった最強《さいきょう》の傀儡《くぐつ》

一之丞本人《いちのじょうほんにん》がいっておりますように、一之《いちの》丞《じょう》は妖怪《ようかい》ではなく、ただの傀儡《くぐつ》……すなわち木《き》でできた人形《にんぎょう》にすぎません。

一之丞《いちのじょう》をつくったのは、ある傀儡師《くぐつし》（人《にん》形《ぎょう》つかい）です。木霊妖怪《こだまようかい》だったその傀儡師《くぐつし》は、自分《じぶん》の妻子《さいし》が盗賊《とうぞく》に殺《ころ》されるという悲劇《ひげき》に見《み》まわれており、その復讐《ふくしゅう》のため、全精魂《ぜんせいこん》をかたむけて最強《さいきょう》の傀儡《くぐつ》・一之丞《いちのじょう》をつくったのでございます。

木霊妖怪《こだまようかい》には、木《き》をあやつる能力《のうりょく》があります。一之丞《いちのじょう》を完成《かんせい》させた傀儡師《くぐつし》は、その能力《のうりょく》をつかって一之丞《いちのじょう》に魂《たましい》をふきこみ、直後《ちょくご》に力《ちから》つきて死《し》にました。死《し》ぬまぎわ、一之丞《いちのじょう》に「妻子《さいし》を殺《ころ》した盗賊《とうぞく》に復讐《ふくしゅう》してくれ」といいのこして……。

放浪《ほうろう》の旅《たび》をつづけながら剣《けん》の腕《うで》をみがく

一之丞《いちのじょう》の生《う》みの親《おや》は、一之丞《いちのじょう》の体内《たいない》にたくさんの武器《ぶき》をしこみました。一之丞《いちのじょう》は、それらの武器《ぶき》をつかい、盗賊《とうぞく》たちを全滅《ぜんめつ》させました。生《う》みの親《おや》の最期《さいご》のたのみをききいれ、復讐《ふくしゅう》をはたしたのです。

しかし、復讐《ふくしゅう》のためにつくられた一之丞《いちのじょう》は、それをはたしたことで、生《い》きる目的《もくてき》をうしないました。なにをしたらいいのかわからないまま、一之丞《いちのじょう》はさすらいの旅《たび》に出《で》ます……。

やがて、剣術《けんじゅつ》と出会《であ》った一之丞《いちのじょう》は、剣《けん》の腕《うで》をみがくことで、自分《じぶん》の生《い》きる目的《もくてき》を見《み》いだそうとしたのです。

そして妖怪大将軍《ようかいだいしょうぐん》の隠密《おんみつ》に……

一之丞《いちのじょう》は、剣術修行《けんじゅつしゅぎょう》の旅《たび》をつづけました。剣《けん》の腕《うで》はメキメキとあがり、一之丞《いちのじょう》の名《な》は、剣術《けんじゅつ》つかいたちのあいだで評判《ひょうばん》になるほどでした。

そんなある日《ひ》、一之丞《いちのじょう》のもとに、江戸《えど》の将軍《しょうぐん》から、「隠密《おんみつ》にならないか」というさそいがきます。

江戸《えど》にいき、直接将軍《ちょくせつしょうぐん》に会《あ》った一之丞《いちのじょう》は、その人柄《ひとがら》にひかれ、役目《やくめ》をひきうけたのでございます。

黒子《くろこ》の講釈《こうしゃく》
飛天《ひてん》の二羽《ふたば》篇《へん》

さて、おつぎは飛天《ひてん》の二羽《ふたば》でございます。お話《はなし》の中《なか》では、自《みずか》ら「飛天《ひてん》一族《いちぞく》の長《おさ》の娘《むすめ》」と名《な》のっておりますが、そもそも飛天《ひてん》一族《いちぞく》とはどのような一族《いちぞく》なのでございましょう？

●天狗妖怪《てんぐようかい》の中《なか》でもめずらしい一族《いちぞく》

飛天《ひてん》とは、飛天狗《とびてんぐ》のこと。すなわち、天狗《てんぐ》の仲間《なかま》なのでございます。

天狗妖怪《てんぐようかい》には、鼻高天狗《はなたかてんぐ》、烏天狗《からすてんぐ》、木《こ》の葉天狗《はてんぐ》など、たくさんの種族《しゅぞく》がおりますが、飛天狗《とびてんぐ》はその中《なか》でも数《かず》がすくない、めずらしい種族《しゅぞく》なのです。

二羽《ふたば》の一族《いちぞく》は、筑波山《つくばさん》のふもとの森《もり》を本拠地《ほんきょち》としております。そして二羽《ふたば》の父親《ちちおや》の翔道《しょうどう》が、その一族《いちぞく》の長《おさ》をつとめております。

翔道《しょうどう》は、筑波山《つくばさん》であやしいうごきがあるのを心配《しんぱい》しておりました。それを知《し》った二羽《ふたば》は、翔道《しょうどう》や仲間《なかま》たちにもだまって、ひとりでさぐりにいき、兵《へい》たちに見《み》つかってしまったのです。

飛天《ひてん》一族《いちぞく》
二羽《ふたば》の父《ちち》・翔道《しょうどう》

●飛《と》ぶことにかけては、おそらく妖怪随一《ようかいずいいち》

飛天一族《ひてんいちぞく》は、その名《な》のとおり、空《そら》を飛《と》ぶ能力《のうりょく》にすぐれております。飛《と》ぶことだけでいえば、天狗《てんぐ》妖怪《ようかい》……いや、すべての妖怪《ようかい》の中《なか》でも一番《いちばん》だといえるでしょう。

二羽《ふたば》は、その飛天一族《ひてんいちぞく》の中《なか》でも、とくにずば抜《ぬ》けた飛行能力《ひこうのうりょく》をもっており、父《ちち》・翔道《しょうどう》は、ゆくゆくは長《おさ》の座《ざ》を、二羽《ふたば》にゆずりたいと思《おも》っているのです。

●接近戦《せっきんせん》では釵《さい》をたくみにつかいこなす

二羽《ふたば》は、釵《さい》というう武器《ぶき》のつかい手《て》でもあります。二《に》本《ほん》の釵《さい》をたくみにあやつり、接近戦《せっきんせん》でも高《たか》い戦闘力《せんとうりょく》を発揮《はっき》いたします。

さて、そんな二羽《ふたば》の性格《せいかく》はといいますと、あまり大《おお》きな声《こえ》ではいえませんが、小《ちい》さいころから長《おさ》の娘《むすめ》としてチヤホヤされてそだったため、少々《しょうしょう》わがままなところがございます。しかしまぁ、それもまたご愛敬《あいきょう》ということで……。

それではひきつづき、一之丞《いちのじょう》・二羽《ふたば》と、マサカドとのたたかいをご覧《らん》いただきましょう！はたして二人《ふたり》は、不死身《ふじみ》の武神《ぶしん》に勝《か》てるのでありましょうか？

うおりゃーっ！
一之丞《いちのじょう》は、マサカドがふりおろした薙刀《なぎなた》を、腕《うで》の刃物《はもの》でうけとめました！
うぬっ！

「ほう、そんな武器《ぶき》をかくしもっていたのか？　だが、いつまでこらえられるかな？」

マサカドは、薙刀《なぎなた》をもつ手《て》に、さらに力《ちから》をこめました。

一之丞《いちのじょう》は、マサカドのあまりの怪力《かいりき》に、たまらず片膝《かたひざ》を地面《じめん》につきます。

このままでは、一之丞《いちのじょう》のからだに薙刀《なぎなた》の刃《は》がくいこむのは、時間《じかん》の問題《もんだい》です。

そのとき二羽《ふたば》が、一之丞《いちのじょう》をたすけようと、マサカドに攻撃《こうげき》をしかけました。

「飛天《ひてん》、羽翔剣《うしょうけん》！」

そんなもの、わが鋼《はがね》のからだには、きくはずもない！

!!

これでもくらえ！

マサカドは、背中《せなか》の筒《つつ》に入《い》れた矢《や》を数本《すうほん》、片手《かたて》でわしづかみにすると、二羽《ふたば》めがけてなげつけました。

マサカドのなげる矢《や》は、ほかのものが弓《ゆみ》で射《い》る以上《いじょう》の威力《いりょく》があるため、不意《ふい》をつかれた二羽《ふたば》はうまくかわすことができませんでした。

うっ！

二羽《ふたば》が射《い》落《お》とされた
のを見《み》た一之丞《いちのじょう》は、
あいているほうの手《て》で
髷《まげ》を飛《と》ばしました。

な、なにっ!?
薙刀《なぎなた》の刃《は》は金属《きんぞく》ですが、
柄《え》は木《き》でできています。
一之丞《いちのじょう》の髷《まげ》は、その柄《え》を
みごとに切断《せつだん》したのです！

マサカドが一瞬《いっしゅん》、ひるんだスキに、一之丞《いちのじょう》は墜落《ついらく》した二羽《ふたば》のもとにかけつけました。

二羽《ふたば》殿《どの》、だいじょうぶか？
なあに、ほんのかすり傷《きず》さ！

二羽《ふたば》は、まだ闘志《とうし》をなくしていないようです。

「いったいどうすれば、あのバケモノをたおせるんだい？」

「やつの体《からだ》は、とてつもなくかたい。だが、体《からだ》の中《なか》はさすがにそうではないはず。それがしの脚《あし》には、もう一発《いっぱつ》爆弾《ばくだん》がのこっている。それをやつの体内《たいない》にうちこめば……」

「ようするに、あいつに大口《おおぐち》をあけさせて、そこに爆弾《ばくだん》をたたきこめばいいんだね？」

「口《くち》でいうのはかんたんだが、実際《じっさい》にやるのはむずかしいぞ」

けど、やるしかないよ！ ここはあたしにまかせな！
あっ！

二羽《ふたば》は、マサカドめざして飛《と》んでいきます。それを見《み》たマサカドは、今度《こんど》は弓《ゆみ》で、矢《や》をはなちはじめたのです。

二羽《ふたば》は、地面《じめん》すれすれに飛《と》びながら、その矢《や》をなんとかよけました。そして、マサカドの足《あし》もとまでちかづくと……。

マサカドのまわりを超高速《ちょうこうそく》で旋回《せんかい》し、空気《くうき》の渦《うず》をつくりだしました。
な、なにっ!?
それにより、渦《うず》の中《なか》の空気《くうき》がなくなり、真空《しんくう》にちかい状態《じょうたい》になるのです!
い、息《いき》ができぬ!
真空《しんくう》の渦《うず》の中《なか》で呼吸《こきゅう》ができないマサカドは、口《くち》をあけてあえぎはじめました。
一之丞《いちのじょう》さん、いまだ!

わかった！
一之丞《いちのじょう》は、空中《くうちゅう》高《たか》く跳躍《ちょうやく》すると、膝《ひざ》にしこんだ爆弾《ばくだん》を、マサカドめがけて発射《はっしゃ》しました！
そしてそれは、みごとマサカドの口《くち》に飛《と》びこんだのです！
ぐはあっ！

マサカドは、その場《ば》にたおれました。

それを見《み》て、安堵《あんど》する一之丞《いちのじょう》と二羽《ふたば》。

「なんとか、たおせたな……」

「二人《ふたり》の力《ちから》をあわせたからだね」

しかしそのとき、たおれていた
マサカドがゆっくりおきあがりました。

第《だい》四《よん》章《しょう》 大《おお》蝦《が》蟇《ま》大《だい》決《けつ》戦《せん》

マサカドが変化《へんげ》した大蝦蟇《おおがま》は、
口《くち》から舌《した》をのばして、一《いち》之《の》丞《じょう》と
二羽《ふたば》を攻撃《こうげき》してきました。

大蝦蟇《おおがま》の舌《した》は、森《もり》の木々《きぎ》をこなごなにくだきました。どうやら、舌《した》のさきは、鋼鉄《こうてつ》なみにかたいようです。

その舌《した》による最初《さいしょ》の攻撃《こうげき》を、なんとかかわした一之丞《いちのじょう》と二羽《ふたば》でしたが、大蝦蟇《おおがま》は、口《くち》にひっこめた舌《した》を、またすぐにのばして、攻撃《こうげき》してきます。

二度目《にどめ》の攻撃《こうげき》では、一人《ひとり》にねらいをしぼったのか、舌《した》はまっすぐ一之丞《いちのじょう》をおそいました。

それも、かろうじてかわす一之丞《いちのじょう》。

攻撃《こうげき》をうけなかった二羽《ふたば》は、そのスキに、大蝦蟇《おおがま》めがけて飛《と》んでいきました。

反撃《はんげき》に転《てん》じるためです。

飛天《ひてん》、羽翔剣《うしょうけん》！

飛天《ひてん》、鎌鼬《かまいたち》！

しかし二羽《ふたば》の攻撃《こうげき》は、大蝦蟇《おおがま》にはまったく通用《つうよう》しませんでした。大蝦蟇《おおがま》のからだは、マサカドよりも、さらにかたくなっているのです。

だめだ、あたしの技《わざ》はまるできかない。さっきつかった真空封《しんくうふう》じも、あの大《おお》きさでは、封《ふう》じこめるのは無理《むり》だろう。いったいどうすれば、たおせるんだい？

ええい、チョコマカとうるさい鳥《とり》め！ジャマをするな！

大蝦蟇《おおがま》はそういうと、からだの表面《ひょうめん》から、液体《えきたい》をふきだしたのです。
!!
二羽《ふたば》はなんとかよけましたが、その液体《えきたい》には強《つよ》い毒《どく》がふくまれているようで、それをあびた草花《くさばな》は、たちまちかれてしまったのです。

「ふん、わたしの毒液《どくえき》をかわしたか。まあよい。小《こ》うるさい鳥《とり》は、あの侍《さむらい》をたおしてから、ゆっくりとかたづけてやろう」

大蝦蟇《おおがま》は、その言葉《ことば》どおり一之丞《いちのじょう》に攻撃《こうげき》を集中《しゅうちゅう》しました。

くりかえし、くりかえし、くりかえし、一之丞《いちのじょう》めがけて舌《した》をのばします。

それを必死《ひっし》にかわしつづける一之丞《いちのじょう》。

二羽《ふたば》は、なすすべもなく、ただそれを見《み》ているしかありません。

やがて、かわしつづける一之丞《いちのじょう》につかれの色《いろ》が見《み》えてきました。

そして、とうとう……。

だいじょうぶかい!?

心配《しんぱい》ない。それがしのからだは、かんたんになおすことができる。だがこれでは、自由《じゆう》にうごくことができない……。

ふふふ……どうやら勝負《しょうぶ》がついたようだな。さて、どう料理《りょうり》してくれようか?

一之丞《いちのじょう》と二羽《ふたば》に、大蝦蟇《おおがま》がせまります。絶体絶命《ぜったいぜつめい》の危機《きき》……!!

二羽殿《ふたばどの》、そなただけでもにげるのだ!

い、いやだ!

そのとき、大蝦蟇《おおがま》の目《め》の前《まえ》で、
火《ひ》の玉《たま》が炸裂《さくれつ》しました！
ぐわっ！
それはコン七《しち》のはなった
狐火炸裂弾《きつねびさくれつだん》でした。
兆幻坊《ちょうげんぼう》のたすけもあり、
夜中《よなか》に赤目《あかめ》の里《さと》をたった
コン七《しち》は、夜明《よあ》けに筑波山《つくばさん》に
つくことができました。
そして山頂《さんちょう》でのたたかいを
見《み》かけ、とっさに二人《ふたり》を
たすけたのです。
ふ〜、どうやら
まにあったようだな。
あの人《ひと》、だれなんだい？
さあ、わからぬ……。

炸裂弾《さくれつだん》をまともにうけた大蝦蟇《おおがま》は、まだくるしんでいます。

目《め》をやられたため、しばらくは視力《しりょく》をうしなったままでしょう。

コン七《しち》はそのスキに、一之丞《いちのじょう》と二羽《ふたば》のそばにおりたちました。

「オイラはいなりのコン七《しち》ってもんだ。あんたたち、こんな玉《たま》をもってるだろ？」

そういって、自分《じぶん》の玉《たま》を見《み》せるコン七《しち》。

一之丞《いちのじょう》と二羽《ふたば》はおどろき、自分《じぶん》たちの玉《たま》をとりだしました。

「やっぱりそうか。あんたたち二人《ふたり》は、えらばれた妖怪八犬士《ようかいはちけんし》！つまり、オイラたちの仲間《なかま》だ！」

しかし、突然《とつぜん》そういわれても、二人《ふたり》はとまどうばかりです。

「ま、いきなりそんなこといわれても、ワケがわからねえよな。くわしい話《はなし》は、あの大蝦蟇《おおがま》をかたづけてからにさせてもらうよ」

コン七《しち》は、からだの中《なか》にいる兆幻坊《ちょうげんぼう》にはなしかけました。

「というわけだ、じいさん。あとはオイラ一人《ひとり》でやれるから、もう出《で》てくれ」

わかった。ワシもずっと飛《と》びつづけてつかれたわい。
！
…………。

コン七《しち》は、ふたたび飛《と》びあがると、大蝦蟇《おおがま》のちかくまでいってはなしかけました。
なぁあんた、マサカドだろ?
そ、そうだ。われこそはマサカドだ!
大蝦蟇《おおがま》は、ようやく視力《しりょく》をとりもどしたようです。

「あんたをよみがえらせたのはタマモだな?」

「ほう、よく知《し》っているな」

「で、よみがえってなにをするつもりなんだ?」

「知《し》れたこと。わが悲願《ひがん》であった坂東王国《ばんどうおうこく》をうちたてるのだ」

「まってくれ! かつて、あんたとたたかった朝廷《ちょうてい》は、もう日《ひ》ノ本《もと》の国《くに》をおさめていない。いまこの国《くに》をおさめているのは、江戸《えど》の将軍様《しょうぐんさま》だ」

「そんなこと、とっくに知《し》っておるわ! だが、日《ひ》ノ本《もと》をおさめているのが朝廷《ちょうてい》だろうが、将軍《しょうぐん》の幕府《ばくふ》だろうが関係《かんけい》ない。わたしはこの坂東《ばんどう》に、自分《じぶん》の国《くに》をうちたてたいのだ!」

「そうかい……。飢饉《ききん》でくるしんで、朝廷《ちょうてい》がたすけてくれなかったときは、それも意味《いみ》があったろう。だが、いまはどうかな?」

「なに、どういうことだ？」

「いま日《ひ》ノ本《もと》の国《くに》は、幕府《ばくふ》によって、一応《いちおう》は平和《へいわ》におさめられている。あんたが勝手《かって》に自分《じぶん》の国《くに》をつくったりすれば、その平和《へいわ》がこわれるかもしれねえってことさ」

「ふん、知《し》ったことか。わたしは、わたしの道《みち》をすすむだけだ！」

「それがタマモのねらいだとしてもか？　あいつの目的《もくてき》は、この国《くに》をみだすことかもしれねえ。だとすればあんたは、タマモにあやつられているにすぎない」

「ええい、うるさい！　わたしのジャマをするものはゆるさない！」

「ちっ、わからずやめ！」

くっ！
やっぱりたたかうしかないようだな……。
狐火《きつねび》、乱《みだ》れ撃《う》ち！
ふふふ……きかぬわ！
コン七《しち》の狐火《きつねび》も、大蝦蟇《おおがま》の鋼《はがね》のからだには、まったく効果《こうか》がないようです。

ならばこれだ！十手《じって》変化《へんげ》！
コン七《しち》は変化《へんげ》の術《じゅつ》で、十手《じって》のさきをするどい槍《やり》のようにかえ、大蝦蟇《おおがま》めがけてのばしました。
が、それも大蝦蟇《おおがま》のからだには、きずひとつつけることができませんでした。
いたくもかゆくもないわ！ これはおかえしだ！

おっと!

コン七《しち》は毒液《どくえき》をかわしましたが、それは大蝦蟇《おおがま》のワナだったのです。

なにっ!?

コン七《しち》が毒液《どくえき》をかわすことを予測《よそく》していた大蝦蟇《おおがま》は、コン七《しち》がにげるほうにむけて、舌《した》をのばしていました。そしてその作戦《さくせん》はみごとにあたり、舌《した》はコン七《しち》をとらえたのです!

ぐはっ!!

コン七《しち》はふっとばされ、
兆幻坊《ちょうげんぼう》や一之丞《いちのじょう》たちがいる
ちかくに墜落《ついらく》しました。
コン七《しち》！
兆幻坊《ちょうげんぼう》たちは、すぐにコン七《しち》の
ところにかけつけました。
だいじょうぶかっ!?
へへっ、まだなんとか生《い》きてるぜ。
あたしたちもあの舌《した》にはさんざん手《て》をやいたんだ。

「さすがマサカド、手《て》ごわいぜ。いったいどうすりゃ、たおすことができるんだ？」

そのとき一之丞《いちのじょう》が口《くち》をひらきました。

「それがしが思《おも》うに、たとえ大蝦蟇《おおがま》になっても、マサカドのときと同《おな》じように、からだの中《なか》はふつうのはず。それがしの爆弾《ばくだん》はもうないが、ほかのなにかでそこを攻撃《こうげき》できれば……」

「なるほどな。だったら、オイラがなんとかしよう。けど、やっかいなのはあの舌《した》だ。あれがあるかぎり、うかつには飛《と》びこめねえ」

「それについても、それがしに策《さく》があるが、実行《じっこう》するためには、どうしても刀《かたな》が必要《ひつよう》なのだ」

一之丞《いちのじょう》の刀《かたな》は、牢《ろう》にとじこめられたときにうばわれてしまいました。

「それなら、おやすい御用《ごよう》だぜ！」

コン七《しち》はそういうと、変化《へんげ》の術《じゅつ》で自分《じぶん》の十手《じって》を刀《かたな》にかえました。
これでいいかい？
おおっ、まさしく刀《かたな》！これで十分《じゅうぶん》だ！
では、コン七殿《しちどの》とやら。まことにすまぬが大蝦蟇《おおがま》の気《き》をひき、やつの舌《した》をのばしてもらえぬか？

と、そこへ、大蝦蟇《おおがま》がせまってきました。

なにをゴチャゴチャ相談《そうだん》しておるかわからぬが、しょせんムダなこと。
全員《ぜんいん》まとめて、かたづけてくれる！

「そうかんたんに、かたづけられてたまるか！」

コン七《しち》は、まだのこっているからだのいたみをこらえて飛《と》びたちました。

一之丞《いちのじょう》の作戦《さくせん》にかけてみるつもりなのです。

「おい、大蝦蟇《おおがま》！　さっきは油断《ゆだん》しちまったが、おまえのトロい攻撃《こうげき》にやられるようなコン七様《しちさま》じゃねえ！　もう一度《いちど》、勝負《しょうぶ》だ！」

「うぬっ、ほざいたな！」

コン七《しち》の挑発《ちょうはつ》が功《こう》を奏《そう》したのか、大蝦蟇《おおがま》は舌《した》をのばしてコン七《しち》を攻撃《こうげき》しはじめました。

それを見《み》た一之丞《いちのじょう》が、二羽《ふたば》にたずねます。

「二羽殿《ふたばどの》、それがしをかかえて飛《と》べるか？」

「え？　できるとは思《おも》うけど……」

「ならばたのむ。大蝦蟇《おおがま》の頭上高《ずじょうたか》くまで、それがしをはこんでくれ！」

コン七《しち》は必死《ひっし》に、大蝦蟇《おおがま》の舌《した》をかわしつづけていました。

コン七《しち》が大蝦蟇《おおがま》の気《き》をひいているスキに、二羽《ふたば》は一之丞《いちのじょう》をかかえ、そのはるか上空《じょうくう》まで達《たっ》していました。

二羽殿《ふたばどの》、もうよい。ここでそれがしをはなしてくれ。

え！ でもそれじゃ…!!

よいからはなすのだ！

二羽《ふたば》は、いわれたとおり一之丞《いちのじょう》をはなしました。まっすぐに落下《らっか》していく一之丞《いちのじょう》……。

やつの舌《した》は、先端《せんたん》こそ鉄《てつ》のようにかたいが、根《ね》もとはそうではないはず。でなければ、あのようにのびちぢみさせることはできない。ということは……斬《き》れる!!

はあっ!!
するどい気合《きあい》とともに、一之丞《いちのじょう》の刀《かたな》が、のびていた大蝦蟇《おおがま》の舌《した》の根《ね》を切断《せつだん》しました！
やはりな……。
!!

ぐああああっ！
よし、ここからはオイラの出番《でばん》だ！
火炎変化《かえんへんげ》‼
火炎変化《かえんへんげ》の術《じゅつ》で炎《ほのお》と化《か》したコン七《しち》は、もがきくるしんでいる大蝦蟇《おおがま》の口《くち》に飛《と》びこみました！

うがあああっ！
コン七《しち》は、大蝦蟇《おおがま》の体内《たいない》で、炎《ほのお》の温度《おんど》をさらに上《あ》げました。

しばらくして、大蝦蟇《おおがま》の口《くち》から
コン七《しち》が飛《と》びだしてきました。
これで勝負《しょうぶ》あり……だな。
そして大蝦蟇《おおがま》は、
マサカドのすがたにもどり……。

その場《ば》にくずれおちました。コン七《しち》たちは、不死身《ふじみ》の武神《ぶしん》とまでいわれたマサカドを、みごとたおしたのです。

「ありがとうよ。マサカドに勝《か》てたのは、あんたたちのおかげだ」

コン七《しち》は、一之丞《いちのじょう》と二羽《ふたば》のそばにあゆみより、礼《れい》をいいました。

「なんの、それはこちらのセリフ。礼《れい》をいうのはそれがしたちだ」

「そうだよ、あぶないところをたすけてもらったしね」

「おいコン七《しち》、この二人《ふたり》に、はやく玉《たま》の話《はなし》をせぬか！」

と、せかす兆幻坊《ちょうげんぼう》ですが、それは無理《むり》でした。なぜなら、ききおぼえのある声《こえ》が、上空《じょうくう》よりひびいてきたからです。

コン七《しち》たちが見《み》あげると、そこには、タマモと皇子《みこ》のすがたがありました。
マサカドの様子《ようす》を見《み》にきてみればこのしまつ……。
皇子《みこ》

タマモはコン七《しち》たちをにらみつけております。

「はじめて見《み》るものもおるが、七本《しちほん》シッポの狐《きつね》と小《ちい》さな鷹《たか》は見《み》おぼえがある。そのほうら、なぜわらわのジャマをするのじゃ？」

それにはこたえず、逆《ぎゃく》にといかえすコン七《しち》。

「あんた、タマモだよな？」

「ほう、わらわの名《な》を知《し》っておるのか？」

コン七《しち》にかわり、兆幻坊《ちょうげんぼう》がこたえます。

「名前《なまえ》だけではなく、おまえさんが昔《むかし》やったこともすべて知《し》っておるぞ。いったい、おまえさんのねらいはなんなのじゃ？」

「ほほほ……わらわと皇子《みこ》をおとしめた朝廷《ちょうてい》を、さらにはこの日《ひ》ノ本《もと》の国《くに》を、大《おお》きくかえることよ。いまの幕府《ばくふ》などつぶして、ふたたび朝廷《ちょうてい》の世《よ》とし、この皇子《みこ》を、あらたなミカドにするのじゃ！」

はじめてタマモの目的《もくてき》を知《し》り、
おどろくコン七《しち》と兆幻坊《ちょうげんぼう》。
「な、なんだと？　そんなこと、
させてたまるか！」
「そのとおりじゃ！」
「ならば、あくまでもわらわの
ジャマをするというのか？」
「ああ、そうだ。なんなら、
いまここで決着《けっちゃく》をつけても
いいんだぜ」
「お、おい、コン七《しち》……」
コン七《しち》は、タマモたちと
たたかうつもりのようです。
「ほほほ……おもしろい。では、
すこしだけあそんでやるかの」

皇子《みこ》は、コン七《しち》めがけて、黒《くろ》い霧《きり》のようなものをはきかけました。
うっ!
するとたちまち、コン七《しち》のまわりは、闇《やみ》でとざされたのです!
な、なに!?

見《み》わたすかぎりの闇《やみ》……。
皇子《みこ》がつくりだした暗黒《あんこく》の
世界《せかい》なのでしょうか?
とまどうコン七《しち》の右腕《みぎうで》に、
突然《とつぜん》、するどいいたみが
走《はし》りました!

コン七《しち》の腕《うで》に、皇子《みこ》が
かみついていたのです。
皇子《みこ》は、闇《やみ》の中《なか》ではからだが
すこし小《ちい》さくなっています。
もしかしたら、からだの
大《おお》きさを自由《じゆう》にかえることが
できるのかもしれません。

コン七《しち》が反撃《はんげき》しようとしたときには、闇《やみ》はもう晴《は》れ、皇子《みこ》はタマモのもとにかえっていました。すべては、一瞬《いっしゅん》のできごとだったのです。

ほほほ……口《くち》ほどにもないやつじゃのう。

な、なにっ!?

なんの、勝負《しょうぶ》はこれからだぜ！

コン七《しち》の腕《うで》には、皇子《みこ》の牙《きば》のあとがくっきりとのこっていますが、ふしぎといまは、いたみを感《かん》じません。

いや、もう勝負《しょうぶ》はついておる。皇子《みこ》にかまれたものは、黒狐毒《くろこどく》におかされるのじゃ。その毒《どく》は、じわじわと全身《ぜんしん》にまわり、三十日後《さんじゅうにちご》には、かならず死《し》ぬことになる……。

タマモのおそろしい言葉《ことば》に、コン七《しち》本人《ほんにん》はもちろんのこと、兆幻坊《ちょうげんぼう》も顔色《がんしょく》をうしないました。

「黒狐毒《くろこどく》には、どんな薬《くすり》も治療《ちりょう》もきかぬ。死《し》からのがれる方法《ほうほう》はただひとつ、この皇子《みこ》をたおすことじゃ」

「だ、だったら、たおしてやるぜ！」

「ほほほ……できるかの？　まあよい。わらわたちは、那須《なす》におる。たたかう気《き》ならいつでも相手《あいて》になってやるゆえ、那須岳《なすだけ》までくるがよい」

そういうとタマモは、たおれているマサカドを皇子《みこ》の背《せ》にのせ、飛《と》びさっていったのです。

新《あら》たに二人《ふたり》の眷士《けんし》と出会《であ》い、
難敵《なんてき》マサカドをたおしたよろこびも
束《つか》の間《ま》、コン七《しち》にはおそろしい
運命《うんめい》がまちかまえておりました。
黒狐毒《くろこどく》におかされたコン七《しち》に
のこされた時間《じかん》は、わずか三十日《さんじゅうにち》。
はたしてコン七《しち》は、その間《あいだ》に皇子《みこ》を
たおすことができるのでしょうか？
そして、まだ見《み》ぬ八眷士《はちけんし》の最後《さいご》の
一人《ひとり》はいまどこに？
波乱万丈《はらんばんじょう》の次巻《じかん》、お見《み》のがしなく！

（次巻《じかん》につづく）

〈作者《さくしゃ》あとがき〉

●ごあいさつ

読者《どくしゃ》のみなさん、あとがきではじめまして。『ようかいとりものちょう』の絵《え》を担当《たんとう》している、ありがひとしです。今巻《こんかん》からあとがきも私《わたし》が書《か》くことになりました。

大﨑悌造先生《おおさきていぞうせんせい》のような解説《かいせつ》ができるかどうか不安《ふあん》もありますが、頑張《がんば》ります。

●平将門《たいらのまさかど》の伝承《でんしょう》

ついに三大魔縁《さんだいまえん》の最後《さいご》のひとり、マサカドが登場《とうじょう》しました。

マサカドは平将門《たいらのまさかど》という平安時代《へいあんじだい》の豪族《ごうぞく》がモデルです。平将門《たいらのまさかど》は怪談《かいだん》などの怖《こわ》い話《はなし》が特《とく》に有名《ゆうめい》で、私《わたし》も首塚《くびづか》や呪《のろ》いなどの伝説《でんせつ》を子《こ》どもの頃《ころ》から様《さま》ざまな本《ほん》やテレビ番組《ばんぐみ》で知《し》っていました。

その平将門《たいらのまさかど》を妖怪《ようかい》に、しかも蝦蟇《がま》の妖怪《ようかい》にする……というのは正直恐《しょうじきおそ》ろしく思《おも》いました。ですが、デザインをする上《うえ》でモデルとなった平将門《たいらのまさかど》という人物《じんぶつ》を調《しら》べていくうちに、実《じつ》に魅力的《みりょくてき》な人物《じんぶつ》だと知《し》りました。

東京都《とうきょうと》の青梅市《おうめし》に金剛寺《こんごうじ》というお寺《てら》があるのですが、ここには平将門《たいらのまさかど》が立《た》ち寄《よ》った際《さい》に地《ち》に刺《さ》した梅《うめ》の枝《えだ》がたちまち根《ね》を張《は》り枝《えだ》をつけ、その梅《うめ》の実《み》はいつまでも青《あお》いままだったことから「青梅《おうめ》」が地名《ちめい》になったそうです。

私《わたし》は多摩地区《たまちく》でのくらしが長《なが》いのですが、近所《きんじょ》である青梅《おうめ》が平将門《たいらのまさかど》に関係《かんけい》していたことに驚《おどろ》きました。

他《ほか》にも英雄《えいゆう》としての平将門《たいらのまさかど》にまつわる伝説《でんせつ》や伝承《でんしょう》は様《さま》ざまな場所《ばしょ》に残《のこ》されています。

今回登場《こんかいとうじょう》する舞台《ぶたい》のひとつである筑波山《つくばさん》は「蝦蟇《がま》の油売《あぶらう》り口上《こうじょう》」が有名《ゆうめい》で、マサカドを鎧武者《よろいむしゃ》＋蝦蟇《がま》の設定《せってい》には納得《なっとく》です。

大﨑先生《おおさきせんせい》からは「かっこいい強《つよ》そうな蝦蟇《がま》にしてください」という注文《ちゅうもん》があったので精一杯《せいいっぱい》かっこよく描《えが》いたのですが、いかがでしたか？

●日本《にほん》で一番古《いちばんふる》い書物《しょもつ》から

お話《はなし》の途中《とちゅう》に登場《とうじょう》する、ウサギのよ

うな「兎駆肢族《うかしぞく》」とシカのような「射日鹿《いひか》族《ぞく》」は、今日本《いまにほん》に残《のこ》っている中《なか》で一番古《いちばんふる》い書物《しょもつ》『古事記《こじき》』、『日本書紀《にほんしょき》』に登場《とうじょう》する「ウカシ」と「イヒカ」をモデルにしてウサギとシカの姿《すがた》で描《か》いた本書《ほんしょ》オリジナルの妖怪《ようかい》です。

『古事記《こじき》』『日本書紀《にほんしょき》』は八世紀《はっせいき》はじめにまとめられた古《ふる》い本《ほん》ですが、今《いま》でも読《よ》みやすく編纂《へんさん》されたり解説《かいせつ》されたりしたものを読《よ》むことができます。そんな昔《むかし》の物語《ものがたり》を今《いま》でも読《よ》めるって凄《すご》いですよね。

●大崎先生《おおさきせんせい》、ありがとうございました

この巻《かん》が大崎先生《おおさきせんせい》の遺作《いさく》となりました。冥界彷徨篇《めいかいほうこうへん》のあとがきでご病気《びょうき》について書《か》かれていましたが、大崎先生《おおさきせんせい》は闘《とう》病《びょう》しつつここまで執筆《しっぴつ》されていました。

八眷伝篇《はっけんでんへん》がはじまったときに「今回《こんかい》は全八巻《ぜんはっかん》」とおっしゃっていましたが、まだ三冊目《さんさつめ》です。

物語《ものがたり》は本当《ほんとう》に面白《おもしろ》く、私《わたし》もワクワクしながらここまで絵《え》を描《か》いてきたのですが、ここで終《お》わってしまっては黒狐毒《くろこどく》に侵《おか》されたコン七《しち》の運命《うんめい》は？　それに八《はっ》眷士《けんし》もまだ七人《しちにん》です。

岩崎書店《いわさきしょてん》の編集《へんしゅう》さんとも相談《そうだん》をしたのですが、これまで大崎先生《おおさきせんせい》と一緒《いっしょ》に積《つ》み上《あ》げてきた『ようかいとりものちょう』は私《わたし》が引《ひ》き継《つ》ぎ、支《ささ》えてくれる人《ひと》たちとともに描《か》いていくことになりました。

＊＊

私《わたし》がどこまで描《か》けるか、見守《みまも》ってください。これまで読《よ》んでくださった、あるいはこれから読《よ》んでくださる読者《どくしゃ》のみさまには、引《ひ》き続《つづ》き楽《たの》しんでいただけるよう描《か》いてまいります。

（ありがとひとし）

大崎先生《おおさきせんせい》とのおわかれの日。
空《そら》にチョウゲンボウが飛《と》んでいました。
前《まえ》に「ぼくの好《す》きな鳥《とり》なんです」とおっしゃって
いたのを思《おも》い出《だ》します。

作：大﨑悌造（おおさき　ていぞう）

1959年香川県生まれ。早稲田大学卒。1985年に漫画原作者として文筆活動を開始。子どもの頃から妖怪、怪獣、恐竜などが大好きで、それらに関する書籍の執筆や編集にも携わる。「ほねほねザウルス」シリーズ（岩崎書店）では、著者（ぐるーぷ・アンモナイツ）の一人としてストーリーと構成を担当。他にも、歴史（日本史）、ミステリー、昭和の子ども文化などに関連する著作がある。

画：ありが ひとし

1972年東京都生まれ。ゲームのキャラクターデザインや、漫画、絵本など、絵にまつわる仕事をしている。近年の漫画作品に『ロックマンギガミックス』（カプコン）、「KLONOA」（バンダイナムコゲームス、脚本・JIM ZUB）、絵本に『モンスター伝説めいろブック』（金の星社）がある。ゲーム『ポケットモンスター スカーレット・バイオレット』（任天堂、開発・ゲームフリーク）では、オーガポン等のポケモンデザインを担当している。

色彩・妖怪デザイン協力：古代彩乃　作画協力：鈴木裕介

協力：豊岡昭彦

装幀・デザイン：茶谷公人（Tea Design）

お手紙おまちしています！

いただいたお手紙は作者におわたしいたします。
〒112-0005　東京都文京区水道1-9-2
岩崎書店編集部「ようかいとりものちょう」係

ようかいとりものちょう㊈
妖《よう》怪《かい》捕《とり》物《もの》帖《ちょう》×《バツ》八《はっ》眷《けん》伝《でん》篇《へん》(参)傀《く》儡《ぐつ》と飛《ひ》天《てん》と鋼《はがね》の大《おお》蝦《が》蟇《ま》　NDC913

発行日　2024年8月31日　第1刷発行

作：大﨑悌造
画：ありが ひとし
発行者：小松崎敬子
発行所：株式会社岩崎書店
東京都文京区水道1-9-2（〒112-0005）
電話 03-3812-9131（営業） 03-3813-5526（編集）
振替 00170-5-96822
印刷：三美印刷株式会社
製本：株式会社若林製本工場

Published by IWASAKI Publishing Co., Ltd.
Printed in Japan.
ISBN 978-4-265-80969-1
ご意見・ご感想をおまちしています。Email:info@iwasakishoten.co.jp
岩崎書店ホームページ　https://www.iwasakishoten.co.jp

妖怪捕物帖《ようかいとりものちょう》

とくしゅうサイトをチェック！

全巻《ぜんかん》の表《ひょう》紙《し》絵《え》ギャラリーや
オンラインイベントのアーカイブが
見《み》られます！

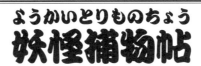

ようかいとりものちょう
妖怪捕物帖X
八犬伝篇《はっけんでんへん》 参《さん》
傀儡《くぐつ》と飛天《ひてん》と鋼《はがね》の大蝦蟇《おおがま》